Otto Lange

Nur das Schicksal kennt den Weg

Heimat- und Bergroman

Originalausgabe
© 2004   Otto Lange
Alle Rechte vorbehalten.

Konzept & Gestaltung:
allbux Buchservice
Postfach 10 11 17, D-69451 Weinheim
www.allbux.de

Herstellung und Verlag:
Books on Demand GmbH, Norderstedt

Gedruckt in Deutschland.

ISBN 3-8334-1519-3

Die folgende Geschichte ist frei erfunden.
Jede Ähnlichkeit mit lebenden oder verstorbenen Personen ist rein zufällig.

Kochel am Kochelsee...

Eigentlich hatte Wolfgang Berger für seinen Sommerurlaub diesen Ort nur darum ausgesucht, weil ihm das Plakat so gut gefallen hatte. Blauer See, grüne Wälder ringsum, ein Dörfchen, eine kleine schmucke Kirche, irgendwo im Hintergrund die majestätischen Häupter schneebedeckter Berge!
"Kochel am Kochelsee! – Besuchen Sie Kochel, die Perle der bayerischen Alpen!" Und Wolfgang, der zuerst Österreich ins Auge gefaßt hatte, hatte von einer Minute zur anderen seinen Entschluß geändert, war in das Reisebüro getreten und hatte den Aufenthalt am Kochelsee gebucht.
Er war ein Mann, der zu solchen impulsiven Handlungen neigte. Ebenso überraschend hatte er einst sein Medizinstudium abgebrochen und sich für die Diplomatenlaufbahn entschieden. Sein Vater, ein beruflich sehr erfolgreicher Frauenarzt, hatte ihm das nie so ganz verziehen.

Nun war er in Kochel! Das Seehotel, der einzige wirklich moderne, repräsentative Bau des Ortes, lag etwa einen halben Steinwurf vom Seeufer entfernt. Von der Terrasse aus hatte man eine wunderbare Aussicht auf den See, die Wälder und die verschneiten Berggipfel.
Wolfgang lehnte am Geländer, fand alles sehr schön und kam sich doch ein wenig einsam vor. Vielleicht war sein blitzsauberer, grauer Anzug daran schuld, der ihn zu einer auffallenden Erscheinung stempelte. Dieses Äußere an ihm hätte nach St. Tropez gepaßt, nach Kochel paßte es nicht.
'Wahrscheinlich passe ich auch nicht hierher', dachte Wolfgang und entnahm seinem goldfarbenen, schmucken Zigarettenetui eine Filterzigarette, die er schnell anzündete. *'Aber schön ist dieses stille und verschwiegene Örtchen doch. An solchen Orten haben meine Eltern mit mir immer Ferien gemacht, als ich noch ein kleiner Bub war. Na, für 14 Tage kann sowas ja ganz nett sein, besonders, wenn man wie ich aus Zypern kommt und im nächsten Monat schon die Stellung in Warschau antreten soll.'*
Wolfgang Berger, in seinem Paß stand "Botschafter", war ein erfolgreicher Mann. In seinem Beruf, bei den Frauen und sogar bei seinen Geschlechtsgenossen. Seine Kollegen schätzten ihn und

waren ihm gewogen. In den knapp dreißig Jahren seines Lebens hatte er schon eine erstaunliche Karriere gemacht. Wolfgang Berger galt als Glückspilz und selbst in Berlin munkelte man schon über seinen weiteren Aufstieg.

Er schlenderte zum Ansichtskartenstand und kaufte, ein kleines, ironisches Lächeln auf den Lippen, die scheußlichste Karte, die er finden konnte. Die sollte Birgit haben. Sie war sehr wütend gewesen, weil er sie nicht zum Mitkommen aufgefordert hatte. – Aber Birgit in Kochel! Wolfgangs ironisches Lächeln vertiefte sich. Nein, es war schon besser so. Die kurze Trennung würde ihr und ihm gut tun, denn die Beziehung zueinander war bestimmt nicht mehr das, was sie hätte sein können.

Unten auf dem See war ein buntes Treiben von Ruder- und Motorbooten zu beobachten, und Wolfgang verspürte plötzlich Lust, wieder einmal zu rudern. Viele Jahre hatte er es schon nicht mehr getan. Früher war er gesegelt, hatte Tennis und Golf gespielt und ein Junioren-Reitturnier gewonnen.

Er ging mit raschen, behenden Schritten die Treppe hinab und näherte sich einem kleinen braunen Holzhäuschen, das die Aufschrift *"Bootsvermietung G. Reindel"* trug. Am Steg lagen noch einige Boote, die herrlich wohlklingende Namen hatten: *"Jungfrau..., Hoffnung..., Enterprise!"*

Plötzlich, während Wolfgang noch dastand und überlegte, ob er sich für die *"Hoffnung"* oder für die *"Enterprise"* entscheiden sollte, kamen vier schlanke, auffallend hübsche und einander ähnelnde junge Leute, fast noch Kinder, herbeigelaufen. Sie liefen Hand in Hand mit blitzenden Zähnen in braunen Gesichtern und ließen ihre, je nach Geschlecht kurzgeschnittenen oder zu Zöpfen geflochtenen blonden Haare im Winde wehen. Kurz vor dem Bootshaus stoppten sie ihren Lauf, ohne einander loszulassen, und riefen im Chor: *"Leni..., Leni..., Lena!"*

Die Tür ging auf und ein junges Mädchen erschien, dem Aussehen nach die Schwester der Rufenden und trat leichten Schrittes ins Freie. Wolfgang hielt unwillkürlich den Atem an. *'Wenn ich Maler wäre'*, fuhr es ihm durch den Kopf, *'dann hätte ich eben jetzt das Modell für eine Diana gefunden!'*

Das Mädchen konnte etwa 20 Jahre alt sein, ein schlankes, kräftiges Geschöpf von natürlicher Anmut. Ihre Bewegungen waren harmonisch. Zwei strahlende blaue Augen blickten aus einem von der Sonne braungebrannten Gesicht. Ein lieblicher Reiz lag auf ihren Zügen. Die kurze gerade Nase, der weiche und zugleich feste Mund, das runde Kinn, alles paßte hier zusammen und war von beglückendem Ebenmaß. Die hellblonden Haare, die in der Sonne wie Gold schimmerten, waren streng aus der hohen Stirn gekämmt und mit einer mattglänzenden Spange festgesteckt. Die Kleidung des Mädchens war anspruchslos. Ein grünes Dirndlkleid mit weißer Bluse, bunte Holzsandalen an den nackten braunen Füßen, das war alles! Aber wie gut stand ihr diese mehr als einfache Tracht!

"Was macht ihr denn für ein Geschrei!" rief sie und versuchte, ihr lachendes Gesicht in strenge Falten zu legen.

"Leni, wir haben Hunger!" scholl es im Chor zurück.

Liebevoll blickte Lena auf ihre vier kleineren Geschwister und sagte: *"In zehn Minuten gibt es Abendbrot, so lange müßt ihr euch noch gedulden!"*

Dann war es soweit. Es war ein reizendes Bild, und Wolfgang, der für Eindrücke überaus empfänglich war, konnte den Blick nicht davon abwenden, wie Lena die gutbeschmierten Brote an die Kleinen verteilte. Dazu gab es für jedes Kind frische warme Milch.

Nach dem Abendbrot mußten die Boote am Steg noch dingfest gemacht werden, und Lena war gerade dabei, den Kleinen ihre Anweisung dazu mitzugeben, als sie sich unterbrach und den Kopf wandte. Sie begegnete Wolfgangs Blick und eine dunkle Röte stieg in ihr Gesicht. Diese Verlegenheit kleidete sie reizend.

Einen Augenblick stand sie ratlos da, Auge in Auge mit dem Mann, der sich von ihrem Anblick nicht losreißen konnte. Dann runzelte sie die feinen dunklen Brauen, warf den blonden Kopf mit einem kurzen Ruck in den Nacken und wandte sich ab. Die Tür des Holzhäuschens klappte zu... – Der liebliche Spuk war verschwunden.

Wolfgang Berger hatte nun plötzlich keine Lust mehr, an diesem Tage noch zu rudern. Es verlangte ihn danach, mehr über die fünf blonden Geschwister, und vor allem über Lena, zu erfahren.

Es war bereits 18 Uhr, als er in die Halle seines Hotels schlenderte. In 15 Minuten gab es auch für ihn Abendessen. So setzte er sich schon mal an seinen Tisch und griff zu der Gazette, die jeden Mittag von München her mit der Post kam. Nach kurzem Hineinschauen legte er sie jedoch an seinen Platz zurück. Es war bei ihm einfach kein Interesse zum Lesen vorhanden.

Als nun das Essen aufgetischt wurde, stocherte er lustlos darin herum. Nach ein paar Bissen stand er auf und begab sich auf sein Zimmer. Immer wieder mußte er an dieses blonde, gutausschauende Geschöpf und seine Geschwister denken.

Als Wolfgang am nächsten Morgen aufstand, hatte er kaum drei Stunden geschlafen.

* * *

"Sag einmal, was mit dir los ist, Lena!" Reiner Reindel beugte sich über den Tisch, an dem die Geschwister beim Frühstück saßen und sah Lena fragend und zugleich beunruhigt an.

Die schrak hoch, als wäre sie aus einem Traum gerissen worden. *"Was sagst du? Entschuldige bitte, ich habe bestimmt nicht aufgepaßt."*

Reiner schüttelte seinen blonden Kopf. *"Du paßt überhaupt nicht mehr auf, wenn man mit dir redet! Du bist seit gestern wie verwandelt, Lena!"*

Lene setzte ein etwas gequältes Lächeln auf. *"Gott, man ist manchmal eben in Gedanken"*, erwiderte sie ausweichend und erhob sich, um die Teller auf dem Tablett übereinanderzustellen.

"Ich weiß, was unsere große Schwester hat!" krähte die kleine vorlaute Reni dazwischen. *"Sie ist verliebt!"*

Da wäre fast das Tablett aus Lenas Händen geglitten. Sie wurde puterrot und fuhr mit einer Heftigkeit, die sonst nicht ihre Art war, auf die kleine Schwester los: *"Red' gefälligst keinen Unsinn! Dich hat niemand um Deine Meinung gefragt!"*

Draußen in der Küche jedoch, wohin sie sich geflüchtet hatte, lehnte sich Lena an den Tisch und schloß die Augen. Konnte man sich denn in einen Mann verlieben, dachte sie, der im Vorübergehen kurz grüßte und sie dabei anlächelte? So oft sie dem hochgewachsenen, gutaussehenden Mann begegnete, fühlte sie, wie ihr Herz immer höher schlug. Noch nie hatte sie etwas Ähnliches empfunden. *"Ich weiß nicht einmal, wie er heißt"*, dachte sie.

Sie trat wieder in die Wohnstube und gab ihren Geschwistern Anweisungen für den heutigen Tag. Dann zog sie den Schlüssel hervor, um die Tür des kleinen Holzhäuschens am See aufzuschließen und die Boote klarzumachen.

Ihr erster Blick fiel auf die am Anlegeplatz befindlichen Bänke. Zugleich strömte ihr alles Blut zum Herzen. Auf der vordersten Bank saß er und jetzt erhob er sich und kam auf sie zu, mit jenem unvergleichlichen Schritt, der die Erde, auf die er trat zu erobern schien.

"Guten Tag, Fräulein Lena!"

"Guten Tag", erwiderte sie steif, ohne zu lächeln.

In ganz geschäftsmäßigem Ton fuhr er fort: *"Dürfte ich sie bitten, mit mir eine Motorbootsrundfahrt zu unternehmen? Oder ist es erlaubt, die Boote selbst zu bedienen?"*

Es war nicht gestattet, seit Lena zum zweiten Mal durch die Ungeschicklichkeit eines Fahrgastes Schaden erlitten hatte. Ein Motorboot kostete viel Geld. Trotzdem überlegte sie jetzt fieberhaft, ob sie nicht dieses eine Mal... Aber wenn wieder etwas Ähnliches passierte? – *'Er weiß ganz genau, daß die Motorboote nicht allein benutzt werden dürfen'*, dachte sie in jäh aufflammendem Zorn, als sie dem Lächeln des Mannes begegnete.

"Wollen Sie nicht lieber rudern?" so fragte sie mit einer Stimme, die ihr nicht recht gehorchen wollte, und sah starr an ihm vorbei. Doch er beharrte auf einer Fahrt mit dem Motorboot.

Da gab sie rasch auf, weil sie merkte, daß sie sich durch weiteres Weigern nur lächerlich machen würde. Ohne noch etwas zu sagen, schritt sie auf den Bootssteg zu und machte eines der dort befestigten Motorboote los. Sie ließ den Mann einsteigen und sprang dann selbst hinein. Ihr kräftiger junger Körper dehnte sich unter dem leichten Kleid. Ihr weizengelbes, aufleuchtendes Haar wehte im Wind.

Wolfgang betrachtete sie mit einem unverhohlenen Entzücken. Aber erst, als sich das Boot ein gutes Stück vom Ufer entfernt hatte, sagte er mit einem tiefen Atemzug: *"Endlich!"*

Lena sah ihn fragend an.

"Endlich bin ich mit Ihnen allein", erklärte er.

Sie machte eine jähe Bewegung...

"Hoppla!" Wolfgang legte ihr die Hand auf den Arm, dessen sonnenwarme Haut sein Blut in Wallung brachte. *"Wollen Sie etwa mitten auf dem See aussteigen, Fräulein Lena? Davon muß ich Ihnen dringend abraten!"*

Lena zog ihren Arm hastig unter seinen Fingern fort. *"Was wollen Sie von mir?"* stieß sie mit hochgezogenen Brauen und bebenden

Lippen hervor. *"Wenn Sie mich nur deshalb hier herausgelockt haben, um zudringlich zu werden, kehre ich augenblicklich um, hören Sie!"*

"Nennen Sie es zudringlich, wenn ich gestehe, daß ich froh bin, mit Ihnen allein zu sein", meinte er mit einer Offenheit, die, wie er sehr wohl wußte, entwaffnend wirkte. Auch auf Lena wirkte sie so. Aber das wollte sie nicht zugeben.

"Ich bin nicht so eine", murmelte sie, das Lenkrad fest umklammernd und scheinbar geradeaus blickend.

"Wenn Sie so eine wären, säße ich Ihnen jetzt nicht gegenüber", entgegnete Wolfgang freundlich.

Das klang für Lena überzeugend und unwillkürlich öffneten sich ihre aufeinandergepreßten Lippen wieder.

"Aber warum?" begann sie mit veränderter Stimme.

"Warum!" wiederholte er. *"Muß es denn für alles ein 'Warum' geben, Fräulein Lena? Haben Sie sich noch nie treiben lassen?"*

Lena schüttelte den Kopf...: *"Nie!"* – Und wie hätte sie es auch gekonnt bei dieser schweren Verantwortung, die sie übernehmen mußte?

Als sie wieder aufschaute und in sein markantes männliches Gesicht sah, errötete sie wieder und fragte ein wenig ängstlich nach seinem Namen.

"Habe ich mich Ihnen nicht vorgestellt?" meinte Wolfgang nun auch leicht errötend. *"Bitte entschuldigen Sie und seien Sie nicht böse. Ich heiße Berger, Wolfgang Berger!"*

'Wolfgang, ein schöner Name, und er paßt so gut zu ihm', dachte Lena.

"Lena...", sagte Wolfgang langsam. Er begriff plötzlich, daß Lenas herbe Abwehr nur mädchenhafter Zurückhaltung entsprang, daß sie in Wahrheit längst nicht so unbeteiligt war, wie sie ihn gerne glauben machen wollte. Es verlangte ihn danach, diesen roten Mund zu küssen, den noch kein anderer vor ihm berührt hatte. Er suchte nach Lenas Hand und bemerkte ein Zittern, das sich ihrer bemächtigte.

Sie sah sich um wie ein gejagtes Tier. Das Ufer war schon weit hinter ihnen zurückgeblieben und allein trieben sie über den Kochelsee. Nur drüben bei St. Christof strichen ein paar Segler über das glitzernde Wasser.

"Ich darf Ihnen also nicht sagen, wie gut Sie mir gefallen?" fragte er leise. Seine Stimme hatte nun einen Tonfall angenommen, der jedes Frauenherz zum Schmelzen brachte. *"Ist es denn so schlimm, daß ich Sie bezaubernd finde?"*

Sie zuckte zurück... *"Nicht, bitte nicht!"* flüsterte sie halb erstickt.

Eine jähe Bewegung brachte das Boot fast zum Kentern. Es schwankte heftig. Lena stieß einen erschrockenen Laut aus und klammerte sich unwillkürlich schutzsuchend an Wolfgang.

Da hielt er sie auch schon in seinen Armen. *"Dummes kleines Mädchen!"* sagte er dicht über ihrem halbgeöffneten Mund. *"Du brauchst doch keine Angst vor mir zu haben..."*

Lena zitterte und ihr junges Herz schlug wie ein Schmiedehammer. Das Blut rauschte stark und im Takt ihres Pulsschlages in ihren Ohren.

"Lena, liebe kleine Lena!" sagte Wolfgang, sich tiefer neigend. *"Ist es denn so etwas Schlimmes, ein Kuß?"*

Sie antwortete nicht. Ihre Augen schimmerten feucht.

Da küßte er sie. Sanft und behutsam zuerst, um sie nicht zu erschrecken, dann immer heißer und fordernder... – und Lena erwiderte seinen Kuß!

Als Wolfgang sie endlich freigab, versteckte sie ihr Gesicht an seiner Schulter. Er brauchte nicht zu sehen, daß ihre Augen voller Tränen standen. Sie weinte Tränen des Glücks. Als er es merkte, verspürte er eine vage Rührung in sich aufkommen.

Es war Lena nicht bewußt, daß sie wartete. Sie wartete darauf, daß er sagen würde: *"Ich liebe Dich!"* Sie sehnte sich einfach nach diesen uralten, ewig neuen Worten und wollte sie aus seinem Munde hören. Aber er sagte sie nicht. Er hielt Lena in seinen starken Armen und küßte sie wieder und immer wieder.

* * *

Eine Woche war vergangen.

Auf der Diele des kleinen behaglichen Reindelschen Hauses schlug die alte Pendeluhr elf Mal, als Lena leise die Treppe hinunterkam. Fahles Mondlicht fiel durch das Fenster. In dem ungewissen Lichtschimmer sah der vertraute Raum seltsam fremd aus. Alles blieb still. Die übrigen Hausbewohner schliefen schon längst. Auf dem Land wird mit den Hühnern zu Bett gegangen.

Lange hatte sie sich dagegen gewehrt, Wolfgang abends am See zu treffen. Ihr war, als würde sie noch schutzloser sein, wenn das Licht des Tages verschwunden war. Und doch war sie jetzt im Begriff, Wolfgangs Drängen nachzugeben.

"Ich möchte Dich einmal ganz für mich allein haben, sei es auch nur für wenige Minuten", so hatte er gesagt. *"Kannst du das denn nicht verstehen?"* – Ein wehes Lächeln spielte um Lenas Mund, als sie sich der Worte Wolfgangs erinnerte. Sie liebte ihn grenzenlos, ja selbst mehr als ihre Geschwister, für die sie noch immer Sorge tragen mußte, seit vor acht Monaten Vater und Mutter durch einen tragischen Verkehrsunfall ums Leben kamen.

Das Mondlicht lag weißgetaucht über dem Dorf Kochel, das ihre Heimat war. Der See schimmerte wie flüssiges Silber, als sie das letzte Haus hinter sich gelassen hatte. Nur noch wenige Meter trennten sie von dem Mann, der ihr lieb und teuer war. Eine sehnsüchtige Stimmung lag über der mondbeschienenen Landschaft.

Als sie noch an die schlafenden Geschwister dachte, hatte sie bereits das Seeufer erreicht. Die Sterne spiegelten sich flimmernd in der leicht bewegten Wasserfläche. Das Bootshaus schimmerte wohlvertraut und doch geheimnisvoll fremd.

Ein Schatten löste sich aus der Dunkelheit. *"Lena, bist du es...?"*

Alles Blut strömte dem Mädchen zum Herzen... Eine heiße Woge hatte sie erfaßt. *"Wolfgang!"* flüsterte sie.

Schon wurde sie von seinen Armen umschlungen. Seine Küsse waren heute noch heißer, noch inniger, noch drängender als sonst. Lena mußte ein wenig zurückweichen.

"Kleiner Angsthase", lächelte der Mann und bog liebevoll ihren Kopf zurück, um ihr in die Augen zu sehen. *"Wovor fürchtest du dich eigentlich?"* Seine Hände glitten spielerisch über ihre Schultern und Arme.

Leise sagte sie: *"Eigentlich weiß ich ja noch gar nichts von dir, und ich möchte so viel wissen! Ja, alles möchte ich von dir wissen: Wie du lebst, was du machst, wie deine Wohnung aussieht und wer deine Freunde sind, dies alles möchte ich wissen!"*

Er lachte. *"Ich bin hier..., hier bei dir, und alles ist für mich unwichtig geworden. genügt dir das nicht?"*

Wieder wich Lena zurück. Sie war plötzlich traurig, ohne zu wissen, warum. *"Bitte, Wolfgang, erzähl mir etwas von Dir!"* Sie sah mit großen Augen zu ihm auf.

Er schüttelte lächelnd den Kopf. *"Wenn es aber nichts zu erzählen gibt!"*

"Das glaube ich nicht."

"Du kannst es aber ruhig glauben, liebe Lena! Ich bin ein ganz uninteressanter Mensch. Heute hier und morgen da. Die Wohnungen übernehme ich von meinen Amtsvorgängern, so wie sie sind. Wenn ich mich irgendwo mal eingelebt habe, muß ich schon wieder fort. Diplomaten sind eben Vagabunden unserer Zeit. Deshalb fange ich erst gar nicht an, mich an etwas zu gewöhnen."

Ihre Hand strich liebevoll über seinen Jackenärmel. *"Du Armer"*, sagte sie, *"dann hast du ja gar kein richtiges Zuhause! Ist das nicht schrecklich?"*

Er zuckte die Achseln. *"Man gewöhnt sich eben auch daran. ich bin in der ganzen Welt zuhause, immer im Dienste unseres Landes. – Meine Eltern haben sich scheiden lassen, als ich noch ein kleiner Junge war. Mein Vater bekam das Sorgerecht über mich zugesprochen, aber er konnte sich als Arzt nicht viel um mich kümmern. Ich bin in Internaten großgeworden und fühle mich ganz wohl dabei."*

"Ach, du Armer...!" und Lenas Stimme zitterte vor Mitleid und unendlicher Zärtlichkeit.

"Ach, Liebes, ich sage dir doch, daß ich ganz zufrieden bin. Du bist ein kleines, sentimentales Persönchen. Aber das schadet nichts, das paßt so gut zu deinen großen blauen Augen und deinem süßen Schmollmund."

Lena schmiegte sich an ihn, aber als er sie küssen wollte, schob sie sein Gesicht sanft von sich weg. Ratlos und verwirrt fragte sie: *"Und deine Mutter, Wolfgang? hat sich deine Mutter denn nicht um dich gekümmert?"*

Er tat auch diese frage mit einem Achselzucken ab: *"Meine Mutter hatte andere Sorgen. Sie war eine schöne Frau und heiratete in zweiter Ehe einen viel jüngeren Mann. Zwei- oder dreimal besuchte sie mich im Internat. Da waren wir beide verlegen und wußten nichts miteinander anzufangen. Das mit der sogenannten Stimme des Blutes ist auch nur so ein Märchen."*

"Nein!" sagte Lena plötzlich voller Heftigkeit.

Er sah sie erstaunt an: *"Was 'nein'?"*

"Es ist kein Märchen! Wir waren alle so glücklich miteinander. Wir hatten ein Heim, ein wirkliches Zuhause, bis die Eltern durch dieses tragische Unglück starben." Lenas Stimme schwankte. *"Wenn du meine Eltern gekannt hättest, würdest du nicht so leichtfertig daherreden, Wolfgang! Man hat dich um das Schönste betrogen, was es überhaupt für Kinder gibt. – Was hatte ich für eine glückliche Kindheit! Nur die Erinnerung allein hat mir schon viel über unser schweres Schicksal hinweggeholfen. Mein Vater war so gut, und erst mal unsere Mutter... Das kann man gar nicht mit Worten ausdrücken. Es war Harmonie in Vollendung. Und wenn ich einmal Kinder habe, sollen sie auch so froh und geborgen aufwachsen, wie wir es durften."*

"Mein armer, lieber Wolfgang!" Jetzt glaubte sie zu verstehen, warum er manchmal so kühl und fremd tat. Mit einer Leidenschaft, die noch nie aus ihr hervorgebrochen war, legte sie Wolfgang die Arme um den Nacken und zog seinen Kopf zu sich herab.

"Liebster, flüsterte sie, *mein Lieber, mein geliebter Wolfgang!"* Noch nie hatte sie seine Küsse so innig, so hingebungsvoll erwidert. Ihre Zurückhaltung war nicht mehr vorhanden. Es war nur noch Liebe in ihr, beseelt von dem tiefen Verlangen, den geliebten Mann so glücklich zu machen, wie sie es nur vermochte. Wolfgang hielt sie dicht an sich gepreßt und küßte sie heiß und lange... sehr, sehr lange.

Plötzlich erschallten Stimmen und Schritte aus der Nacht, die auf sie zukamen. Offenbar waren es ein paar späte Zecher, denn sie sangen lauthals und lallend ein paar Lieder, die dem Wein gewidmet waren.

Da fiel Lena ein, daß sie ins Bootshaus treten könnten, bis die Angeheiterten vorüber waren. Schon hielt sie den Schlüssel in der Hand, schloß rasch und leise auf und zog Wolfgang mit sich in den Raum hinein. Es roch ein wenig nach frisch lackiertem Holz.

Eng umschlungen standen sie zusammen und horchten nach draußen. Mit Hallo und Hurra gingen gerade die Nachtschwärmer vorbei. Ihre Stimmen verloren sich allmählich in der Ferne.

Es war wieder still geworden um die beiden sich Liebenden. Eine wunderliche Spannung lag in der Luft.

Wolfgang streckte langsam die Hand aus. Weich berührte er Lenas Schulter. Im gleichen Augenblick war es, als fiele ein Funken auf trockenen Zunder. Plötzlich lag Lena an seiner Brust, wie hingeweht. Er begrub sie unter einem nicht mehr endenden Kuß.

leise schluchzte Lena auf, ohne es zu wissen. Tränen liefen ihr über das emporgewandte Antlitz. *"Du darfst mich nie..., nie verlassen, nie wieder verlassen!"* stammelte sie. *"Du mußt immer..., immer bei mir bleiben...!"*

* * *

Eine ganz neue Lena erwachte am nächsten Morgen. Sie wunderte sich über sich selbst, daß sie keine Reue empfand. In ihr regierte ein grenzenloses Glück. Das Bewußtsein, mit Leib und Seele das Eigentum des geliebten Mannes zu sein, durchdrang sie ganz. Nichts konnte sie mehr von Wolfgang trennen. Es war ihr so, als sei sie schon seine Frau. Glücklich betrachtete sie sich im Spiegel und war überrascht, sich unverändert zu finden. Nur ihre Augen lächelten auf eine neue, frauliche Weise.

"Ob ich es schon heute den Geschwistern sage oder lieber noch nicht?" Doch dann verwarf sie diesen Gedanken schnell wieder. *"Es ist doch besser"*, dachte sie, *"wenn ich es ihnen behutsam und allmählich sage. Nur Reiner möchte ich schon mal ins Vertrauen ziehen, denn er ist der Größte und wird es sicher verstehen."* Der Achtzehnjährige war ihr Kamerad und Bruder zugleich. Von ihm erhoffte sie sich Unterstützung den anderen gegenüber.

"Heute nimmst du es aber besonders genau", stellte Reiner fest, als Lena sich des Staubwischens und Blankbohnerns nicht genug tun konnte.

Sie zog ihn am Ohrläppchen und wurde feuerrot. *"Du Lümmel!"* schalt sie, um ihre Verlegenheit zu verbergen. *"Mach ich sonst etwa nicht sauber? Pack lieber mal mit an, denn es könnte sein, daß wir am Abend Besuch bekommen!"*

"Besuch?" fragten die Geschwister in gedehntem Ton.

"Kommt Herbert rüber?" erkundigte sich Reiner in hoffnungsvollem Ton. – Obwohl Herbert Freihofer um acht Jahre älter war, verband Reiner eine herzliche Freundschaft mit ihm. Mit Freuden hätte er den jungen Bauern vom Finkenhof als Schwager willkommen geheißen.

Lena wußte das, und darum klang ihre Stimme ein wenig spröde, als sie erwiderte: *"Es ist nicht Herbert, sondern ein anderer Herr.*

- 13 -

Aber das ist eine Überraschung, und deshalb fragt mich bitte nicht weiter!"

"Schau mal einer an, die Lena hat Geheimnisse vor uns!" lachte die kleine Reni.

"Gibt es Kuchen zum Kaffee?" wollte Michael wissen, der sich in dem glücklichen Alter befand, in dem man außergewöhnliche Ereignisse nur nach ihrem Nährwert zu beurteilen pflegt.

In dem kleinen Haus blinkte und blitzte es, als Lena es verließ, um sich um das Geschäft zu kümmern. Im Küchenschrank stand ein großer Schokoladenkuchen, denn es konnte ja sein, daß Wolfgang schon am Nachmittag kam...

Als Lena am Hotel vorüberging, spähte sie unwillkürlich die von Rosen umrankte Fensterfront empor. Sie fuhr zusammen, als plötzlich jemand seine Hand auf ihre Schulter legte. Aber es war nur Herbert. Er lächelte unbefangen auf sie herab: *"So in Gedanken, Lena?"*

'Wie ist es nur möglich, daß er mir nichts anmerkt?' dachte sie. Plötzlich tat er ihr tief und aufrichtig leid. Sie wußte genau, daß er es sich zu Herzen nehmen würde, wenn sie einen anderen heiratete, und es schien ihr fast ungerecht, daß ihr Glück und sein Unglück die gleiche Wurzel hatte. In dem Bestreben, gut zu ihm zu sein, sagte sie: *"Du solltest dich wieder einmal bei uns sehen lassen, Herbert! Die Kinder haben schon alle nach dir gefragt."*

Er strahlte richtig auf, als er sagte: *"Vielleicht heut abend!"*

Da wurde Lena wieder rot. *"Nein, heute lieber nicht"*, stammelte sie. *"Vielleicht am Sonntag oder in der nächsten Woche"*, denn ihr fiel gerade ein, daß Wolfgang ja den Sonntag mit ihr allein verbringen wollte.

Herbert blickte sie erstaunt an und meinte: *"Ganz wie du willst! Du weißt ja, wo ich zu finden bin."*

Von drinnen rief jemand nach ihm und er mußte sich rasch von Lena verabschieden. Sie war ihm nicht böse deshalb – im Gegenteil...! Sie fühlte sich heute in der Nähe des lieben alten Freundes merkwürdig unsicher und war froh, als er fort war. Sie hatte Herbert nichts versprochen, und er hatte kein Versprechen von ihr verlangt. Das Schicksal hatte es einfach so gewollt, daß ihr die Liebe begegnet war. Und jetzt war sie Wolfgangs Eigentum für immer und alle Zeit...

An diesem Tag war viel zu tun, und Lena war froh darüber. Auf diese Weise ging die Zeit schneller um. Für ihre Kundschaft hatte sie ein freundliches Wort und ein liebes Lächeln – und war doch mit ihren Gedanken weit, weit fort. So oft sie das Bootshaus betrat, spürte sie seine innigen Küsse, als wenn er jetzt bei ihr wäre. Ihr war so, als könnte sie den heutigen Abend nicht erwarten.

"Wolfgang...! Wolfgang...!" Sie flüsterte seinen Namen vor sich hin wie eine Beschwörungsformel, um ihr ungeduldiges Herz zu beschwichtigen. Sie erkannte sich selbst nicht wieder. Aus dem scheuen, verflossenen Mädchen war über Nacht eine liebende Frau geworden. Wie bei einer Blume hatte sich die Knospe zur Blüte entfaltet.

Einige Male glaubte sie, Wolfgangs hohe, breitschultrige Gestalt zwischen den vielen Sommergästen auftauchen zu sehen. Dann schlug ihr das Herz jedesmal höher. Aber laufend erwies es sich als Täuschung – als eine Fata Morgana, hervorgezaubert aus ihrer heißen Sehnsucht nach ihm.

Immer wieder schaute sie auf ihre Uhr, und ihr war, als ob die Zeiger gar nicht weitergehen würden. Aber schließlich brach doch die Dämmerung herein, und Lena durfte das Bootshaus zusperren und sich auf den Heimweg machen. Sie ging erwartungsvoll und doch mit einer kleinen Enttäuschung im Herzen, weil Wolfgang nicht gekommen war, um sie abzuholen.

Daheim warteten die Geschwister bereits auf das Abendbrot. Ihr Bruder Reiner hatte sich ein Buch zur Hand genommen und schien ganz vertieft zu sein. Nur wer ihn sehr gut kannte, wußte, daß er nicht so sehr bei der Sache war, wie er zu sein vorgab.

Lenas Ungeduld steigerte sich von Minute zu Minute mehr. Heimlich schlüpfte sie in die Küche hinaus und machte sich da und dort zu schaffen. Sie rieb die Wasserkessel blank, gab den Blumen frisches Wasser, und dazwischen schaute sie immer wieder in den Spiegel, um ihr Äußeres zu begutachten.

Sie trug ein taubenblaues Dirndl mit weißen Spitzen, welches sie erst vor wenigen Tagen ganz neu gekauft hatte. Das Kleid stand ihr prächtig und bildete einen wunderbaren Kontrast zu ihren blonden Haaren und den immer lachenden blauen Augen. – Es sollte eigentlich ihr Sonntagskleid sein. Aber war denn heute nicht Feiertag...?

Die Küchenuhr zeigte bereits sieben Uhr und die Stimmung unter den Geschwistern wurde immer gereizter, denn sie hatten schließlich Hunger. Auch wollten sie unbedingt von dem feinen Kuchen probieren. Lena konnte nicht umhin, das Abendbrot zurechtzumachen, und verschwand deshalb nochmals in der Küche.

Warum nur kam Wolfgang so spät? Sie begriff einfach nicht, daß es ihn nicht mit der gleichen Sehnsucht zu ihr ziehen sollte, die sie nach ihm empfand. Sie deckte den Tisch und trug die Aufschnittplatte auf, die sie liebevoll herausgeputzt hatte.

"Mhm, heute gibt es aber was Gutes!" stellten die Geschwister fest, und die kleine Reni rief: *"Hoffentlich kommt der Besuch nicht mehr, da kann ich eine Portion mehr mit aufessen!"*

Lena wandte sich ab. plötzlich waren ihr Tränen in die Augen gekommen. Daß Wolfgang überhaupt nicht kommen könnte, hatte sie außer Betracht gelassen. Zum ersten Mal nun faßte sie diese Möglichkeit ins Auge und ihr war so richtig elend dabei.

Die dick belegten Wurstbrote ließ die Geschwister schmausen, denn so etwas gab es ja nicht alle Tage. Auch Reiner legte nun das Buch beiseite und setzte sich an den Tisch, über den die alte Hängelampe ihren rosigen Schein warf. Dann goß er für alle den Tee ein, und Reni reichte die Zuckerdose herum.

Alles war wie immer, vertraut und gemütlich. Und doch schien ein Schatten über dem Raum zu liegen, ein Schatten, den nur Lena wahrnahm. Sie würgte ein paar Bissen hinunter, dann hielt sie es nicht mehr länger aus. Sie mußte zu Wolfgang, und zwar sofort. Sie wollte die unbestimmte Angst, die ihr Brust und Kehle zusammenschnürte, loswerden.

Mit fliegenden Fingern steifte sie ihr Jäckchen über und verließ rasch das Haus, um Wolfgang zu sagen, daß sie auf ihn gewartet hatte und jetzt sehr, sehr traurig über sein Nichtkommen war. – Bei diesem Gedanken fiel ihr ein, daß gar keine bindende Vereinbarung mit Wolfgang getroffen worden war und es ebensogut möglich wäre, daß er auf sie wartete! Vielleicht unten am See, wo sie sich gestern getroffen hatten! Lena lief mit wehem Herzen hinunter. Aber der Platz vor dem Bootshaus war leer. Sie rief leise seinen Namen, doch alles blieb still. Nur das Plätschern des Wassers war zu vernehmen.

Lenas Mut und Zuversicht sanken, doch die Vermutung bestand, daß Wolfgang beim Hotel auf sie wartete. Aus der Gaststätte an der Ecke, wo heute Tanz war, klangen flotte Weisen. Durch die großen Fenster konnte man sehen, wie sich die Pärchen zu den Klängen der Dorfkapelle über das Parkett bewegten. Im hell erleuchteten Speisesaal waren noch zahlreiche Tische besetzt. Die Kellner liefen hin und her, und Lena entdeckte Herbert, der mit verbindlichem Lächeln von Tisch zu Tisch ging und sich offenbar gut amüsierte.

Durch die gläserne Schwingtür ah Lena, daß außer zwei Damen, die in einem Gespräch vertieft waren, niemand sonst in der Halle war. Sie drückte beide Hände gegen ihr wild klopfendes herz, rang nach Atem und betrat den großen, modern und stilvoll ausgestatteten Raum. Hinter der Rezeption saß ein Mann mittleren Alters, den Lena kannte.

"Guten Abend, Georg!" Ihre Stimme klang fremd und freudlos.

Der Mann in der blaugrünen Uniformjacke lachte erfreut. *"Ah, die Lena, was treibt denn dich in unsere gute Stube?"*

"Ich muß jemanden sprechen...!" stammelte sie. *"Ist der Herr Berger noch im Haus?"*

Georg zog an seiner Zigarette und blies den Rauch zum Fenster hinaus. *"Der Herr ist heute morgen abgefahren. Er schien es eilig gehabt zu haben."*

Lena wurde so blaß wie die Wand. *"Abgefahren..., heut morgen..."*, hauchte sie.

Georg nickte. *"Ja, es hat mich eh gewundert, weil er doch zuerst für vier Wochen gemietet hatte. Na, mich geht es ja nichts an. Er wird schon alles bezahlt haben, denn geizig war der nicht! – Aber was hast du denn, Mädel? Ist dir vielleicht nicht gut?"*

Lena war es schwarz vor den Augen geworden, sie hatte sich jedoch noch rechtzeitig am Eckpfeiler festgehalten. Der ganze Raum um sie schien sich zu drehen und Georgs Stimme drang wie durch dichte Nebelschwaden an ihr Ohr.

'Nur nicht schlappmachen!' befal sie sich mit letzter Kraft. *'Später, viel später hast du Zeit, wenn du allein bist...'*

"Hat Herr..., hat Herr Berger keine Nachricht hinterlassen?" hörte sie sich mit farbloser Stimme fragen.

"Eine Nachricht? Nein, Herr Berger hat nichts hinterlassen!" In den erstaunten Blick Georgs trat etwas Forschendes. Lena merkte es trotz des elenden Zustandes, in dem sie sich befand.

In ihrem armen Kopf liefen die Gedanken wie wild durcheinander: Wolfgang war fort, ohne die geringste Kleinigkeit zu sagen. Er war abgereist, ohne ihr auch nur ein Wort der Erklärung, einen armseligen Gruß oder eine Bitte um Verzeihung zurückzulassen! Nicht daß ihr das viel geholfen hätte..., aber dieses monotone Schweigen, dieses entsetzliche Schweigen, war furchtbar.

Lena wußte nicht, daß sie aufstöhnte... Erst als Georg sich sprunghaft erhob und sie erschrocken anstarrte, kam es ihr zum Bewußtsein. *"Es ist nichts, es ist alles gut... Danke, vielen Dank!"*

"Du bist ja krank, Lena! Ich werde doch lieber den Doktor benachrichtigen!" erwiderte der Mann.

Da wandte sie sich ab und lief unsicheren Schrittes aus dem Hotel. Den Heimweg konnte sie zurücklegen, ohne ohnmächtig niederzusinken. Sie erreichte das Haus und tastete sich bis in die Küche, wo es ihr schwarz vor Augen wurde, und sie wußte von nichts mehr.

* * *

Lena mußte mehrere Tage streng das Bett hüten. Dr. Eilenhofer, der alte Landarzt, der die Reindel-Kinder seit ihrer Geburt behandelte, konnte keine richtige Krankheit feststellen, nur etwas Fieber und eine völlige Apathie, was um sie herum geschah.

"Ich würde sagen, es ist eine Herzenssache", äußerte er sich gegenüber Reiner. *"Es ist anzunehmen, daß deine Schwester ihre erste große Liebe verloren hat."*

"Ich weiß von nichts", antwortete Reiner ausweichend.

Der alte Arzt zuckte die Achseln. *"Lassen wir sie in Ruh, sie wird schon wieder zurechtkommen."*

Wirklich stand Lena nach fünf Tagen wieder auf, und alles war wie vorher. Oder nicht? – Aber das merkte niemand, niemand außer ihrem Bruder Reiner, der seinen Blick hin und wieder prüfend auf der Schwester ruhen ließ, ohne jedoch etwas zu sagen oder gar zu fragen. Die anderen Geschwister waren einfach noch zu jung, um sich Gedanken zu machen. Lena war eben mal krank gewesen, und das kommt ja in jeder Familie einmal vor. Daß sie tagtäglich mit zusammengebissenen Zähnen durch die Hölle ging und jede Lebensfreude eingebüßt hatte, wußte niemand.

Immer wieder, während der anfallenden Hausarbeit oder den Pflichten am Bootshaus stellte sie sich die gleiche Frage: Warum, warum nur? Warum nur hatte Wolfgang ihr dieses Unbegreifliche, Grausame angetan? – Die Antwort, die sie sich bei all den Gedanken immer wieder geben mußte, schmerzte sie nur noch mehr. War er ein selbstsüchtiger, keines tiefen Gefühls fähiger Egoist, der nur ein wenig Abwechslung gesucht hatte?

Sie haßte ihn nicht. In ihr war einfach alles leer. Was mit ihr geschah, war ihr vollkommen gleichgültig. Am liebsten würde sie, trotz ihrer Jugend, sterben. Wenn sie allein war, spielte sie manchmal mit dem Gedanken, ihrem Leben selbst ein Ende zu setzen, doch da waren ihre kleineren Geschwister, für die sie die Verantwortung trug, seit Vater und Mutter den Unfalltod fanden. Was nur sollten ihre Kleinen ohne sie anfangen? Man würde sie einfach der Fürsorge überstellen, und das durfte niemals geschehen! Und Reiner, an ihm hing Lena seit eh und je besonders.

"Blaß und dünn bist du", sagte Reiner. *"Du solltest nicht mehr soviel arbeiten und dir viel mehr Ruhe gönnen. Auch hattest du schon lange kein Vergnügen mehr. Willst du nicht am Sonntag zum Tanz ins alte Kaffeehaus gehen?"*

Ein bitteres Lächeln spielte um Lenas herb gewordenen Mund. "Tanzen...!" Nein, tanzen mochte sie gar nicht mehr gehen.

"Ich habe keine Zeit", entgegnete sie in schroffem Ton, der ihr eigentlich überhaupt nicht eigen war, und wandte sich ab.

Reiner sah ihr seufzend nach. Was war in sie gefahren? Früher hatte sie immer gelacht und war für jeden Scherz zu haben gewesen. Seit ihrer Krankheit war sie wie umgewandelt. Ihre Augen, die sonst immer strahlten, hatten ihren Glanz verloren. Ob sie am Ende doch kränker war, als sie wahrhaben wollte?

* * *

Der Sommer war fast herum und der Herbst kehrte ins Land.

Lena war immer noch die gleiche geblieben, eingefallen, ohne jede große Lust und Liebe. Sie wartete noch immer auf ein Lebenszeichen von Wolfgang, obwohl sie wußte, daß keines kommen würde.

Wenn ihr der Postbote begegnete, schlug ihr das Herz bis zum Hals. Und händigte er ihr gar einen Brief aus, las sie zuerst den Absender. Aber nie war ein Brief von Wolfgang dabei.

Der Mann, der Lenas erste große Liebe entfacht hatte, war aus ihrem Leben verschwunden, ohne die kleinste Spur zu hinterlassen. Nur in ihren allabendlichen Träumen lebte er noch. Oft erwachte sie mitternächtlich tränenüberströmt auf und hatte seinen Namen auf ihren Lippen.

In stumpfer Eintönigkeit verrichtete sie manchmal ihr Tagewerk, ausgebrannt und ohne jede Empfindung. Dann wieder überflutete sie der Schmerz so plötzlich, daß sie die Zähne aufeinanderpressen mußte, um nicht aufzuschreien. *"Ich will nicht mehr leben, es hat alles keinen Sinn! Lieber Gott, sei doch barmherzig! Vater, Mutter, holt mich doch zu euch!"*

Und dann, an einem Tag im November... Es war ein kühler, neblig-trüber Tag... *"Das richtige Allerheiligenwetter!"* sagte Reiner, als er hinausging, um in die nahegelegene Kreisstadt zu fahren, wo er die letzte Klasse des Gymnasiums besuchte. –
Lena war gerade bei der Hausarbeit, als ihr plötzlich so schwindelig wurde, daß sie sich unweigerlich hinsetzen mußte. Es flimmerte ihr vor den Augen, die Hände waren kalt und feucht und ihr war mächtig übel.
"Es kann nicht sein", flüsterte Lena und wußte doch mit letzter Sicherheit, daß es so war. Ihre Verzweiflung hätte nun einen neuen Höhepunkt erreichen müssen, aber seltsamerweise war dies nicht der Fall. Lena war ganz ruhig, als sie sich nach kurzer Zeit wieder erhob. Nun hatte sie die Gewißheit, daß sie ein Kind unter dem Herzen trug. Wolfgangs und ihr Kind! – Eine Frau hatte geliebt und sollte nun Mutter werden. So wie eine Blüte zur Frucht wird. Das alte, immer wieder neue Wunder vollzog sich.
Immerhin mußte sie jetzt, um vollständige letzte Gewißheit zu haben, Dr. Eilenhofer aufsuchen. Dieser Gedanke war ihr nicht ganz angenehm, aber nicht, weil sie sich geschämt hätte, sondern weil sie ihr Geheimnis gern für sich behalten hätte.
Von dem Wissen um das winzige neue Leben, das sie unter dem Herzen trug, ging eine solche Innigkeit aus, daß ihr die Tränen in die Augen traten. Keinen Augenblick dachte Lena an ihre "Schande" und was die Leute im Dorfe dazu sagen würden. Sie war nicht länger schwach und elend, sondern stolz und stark und bereit, allen die Stirn zu bieten. Ihre Liebe würde weiterleben, obwohl Wolfgang sie mit rauher Hand zerstört hatte. In ihrem Kinde würde sie weiterleben...

* * *

Dr. Eilenhofer machte große Augen, als Lena in seiner Landpraxis erschien und ihm sagte, er möge sie doch bitte einmal auf eine Schwangerschaft hin untersuchen.
Es war ganz still im Zimmer. Man hätte eine Stecknadel auf den Boden fallen hören können.

Der alte Arzt starrte Lena an: *"Eine Schwangerschaft? – Ein Kind!"* Er konnte es kaum fassen. Es verschlug ihm einfach die Sprache. Endlich stieß er hervor: *"Na, der Herbert, dieser Bengel, kann sich freuen! Dem werde ich mal anständig die Leviten lesen! Und wann soll die Hochzeit sein?"*

Lena schüttelte still den Kopf. *"Sie irren sich, Derr Doktor"*, sagte sie leise. *"Herbert hat nichts damit zu tun. Und es wird auch keine Hochzeit geben."* Sie schlug die Augen groß zu ihm auf. *"Wenn sie jetzt nichts mehr mit mir zu tun haben wollen, Herr Doktor..."*

"Blödsinn!" polterte er los. Vor lauter Verlegenheit, Mitleid und Zorn hatte er einen feuerroten Kopf bekommen. *"Was redest du denn da! Ich kenn dich, seit du auf der Welt bist, und alle deine Geschwister ebenfalls. Du bist für mich so gut wie mein eigenes Kind! – Aber Mädel, wie ist das denn nur gekommen? Wer ist der Schuft, der dich ins Unglück gestürzt hat? Wer? Ich breche ihm alle Knochen im Leibe! Ich...!"*

Lena legte ihm behutsam und sanft die Hand auf den Arm. *"Nicht, bitte nicht so!"*

"Wie denn?" Der alte Arzt hatte sich trotz seiner grauen Haare noch nie so hilflos gefühlt. Jetzt wußte er, was Lenas geheimnisvolle Krankheit gewesen war. Man hatte sie sitzengelassen wie das erstbeste Frauenzimmer von der Ecke. Lena Reindel, die was auf sich gehalten hatte wie keine andere im Dorf...!

Dr. Eilenhofer mußte sich setzen. Die Knie gaben einfach unter ihm nach. Minutenlang starrte er vor sich hin. *"Mädchen, Mädchen...! Was soll nur werden? Willst du mir nicht sagen, wer dich ins Unglück gebracht hat?"*

"Es ist kein Unglück", flüsterte Lena leise. *"Nicht mehr..."*

"Ja, aber es muß doch etwas geschehen! Ich kann doch nicht zulassen, daß du... Lena begreifst du denn nicht? Ganz Kochel wird sich über dich den Mund zerreißen, und gerade die am meisten, die es am wenigsten nötig haben. Man wird es nicht nur dich, sondern auch deine Geschwister spüren lassen. Darüber hast du noch nicht nachgedacht, nicht wahr?"

Lena senkte den Kopf. *"Nein"*, sagte sie dann zögernd.

"Siehst du, mein Kind, du hast ja keine Ahnung, wie grausam deine Mitmenschen sein können. Und als erstes wird dein Kind darunter zu leiden haben." – *"Lena"*, sagte er dann in beschwörendem Ton, *"du mußt gegen diesen Mann etwas unternehmen! Wir*

werden ihn gemeinsam ausfindig machen und ihn dann zwingen, dich zu heiraten. Du mußt mir sagen, wer es ist, Lena!"

Sie schüttelte fest und ohne Eigensinn den Kopf. *"Nicht böse sein"*, bat sie. *"Ich kann es nicht..., ich kann es nicht! – Nicht einmal wenn er mich bäte, würde ich ihn jetzt noch heiraten wollen. Es ist mein Kind, mein Kind ganz allein! Vor den Leuten habe ich keine Angst. Ich werde mein Kind so aufziehen, daß es jedem stolz und frei ins Gesicht sehen kann. Was mir widerfahren ist, ist keine Schande. Eine Schande ist es vielmehr, wenn Frauen einen Mann heiraten oder umgekehrt, den sie nicht lieben. – Ich habe furchtbar gelitten, Herr Doktor, und es hat Stunden gegeben, in denen ich am liebsten tot gewesen wäre. Aber seit ich weiß, daß ich ein Kind haben werde, stehe ich wieder anders zum Leben. Ich kann Ihnen versichern, daß mir alle Stürme nichts anhaben können und daß ich für mein Kind bereit bin zu kämpfen. Ich weiß jetzt, daß ich es durchstehen werde, allein!"*

Der alte Arzt blickte zweifelnd und doch bewundernd auf das junge Geschöpf, das da ohne zu klagen eine Last auf sich nahm, die für diese schmalen, zarten Schultern viel zu schwer schien. Ob sie wirklich wußte, was ihr noch alles bevorstand? Dr. Eilenhofer bezweifelte es. Aber vielleicht war es gut, daß sie es nicht wußte...? Oder?

"Ich werde dich jetzt einmal untersuchen. Es ist ja nicht ausgeschlossen, daß du dich irrst", fügte er hoffnungsvoll hinzu.

Aber Lena hatte sich nicht geirrt. Als sie später dem Arzt in dessen Privatzimmer gegenübersaß, konnte er das werdende Leben nur bestätigen.

"Und wann? Wann habe ich die Niederkunft?"

"Im Mai", antwortete der Arzt mit einem grimmigen Unterton. Ihm tat das Herz weh, wenn er sie so ansah, so jung, so schön, so ehrlich. Ein Mann hatte sie genommen und dann im Stich gelassen! Wer nur? – Wenn es noch der Herbert Freihofer gewesen wäre! Im Dorf wußte ja jeder, daß er über beide Ohren in Lena verliebt war. Der hätte sich bestimmt nichts Schöneres gewünscht, als sie zu seiner Frau machen zu dürfen. Aber nein, ein anderer hatte es sein müssen, ein Fremder, einer der mit diesem stolzen Mädchenherzen nur gespielt und es schließlich achtlos weggeworfen hatte...!

"Im Mai", dachte Lena und malte sich schon in Gedanken aus, was für ein kleines Wesen es sein würde. Ein Junge? Ein Mädchen? Was würden ihre Geschwister von ihr halten? Erst recht der Reiner.

Im stillen suchte sie bereits zwei Namen aus. Wenn es ein Junge würde, sollte er Wolfhard heißen, bei einem Mädchen wäre vielleicht Wiltrud angebracht. Doch bis Mai war ja noch etwas Zeit.

Der alte Landarzt knirschte und meinte. *"Der Schuft! Mir scheint, du liebst ihn noch immer, weil du willst, daß ihm kein Haar gekrümmt wird!"*

Lena schüttelte den Kopf. *"So ist es nicht!"* sagte sie. *"Ich kann von ihm keinerlei Hilfe annehmen, nachdem ich ihm so wenig bedeutet habe, daß er, ohne ein Wort zu sagen, abgereist ist."* Sie stockte. Noch immer tat es ihr weh, darüber zu sprechen. *"Verstehen Sie denn nicht, Herr Doktor? Mein Herz verbietet mir einfach irgend etwas von ihm anzunehmen. Soll ich mir etwa von ihm Geld schicken lassen? Allein der Gedanke ist mir unerträglich!"*

"Lieber wirst du in Zukunft noch mehr arbeiten", entgegnete der Arzt grimmig. *"Ich bin nur mal neugierig, wie es Deine Geschwister aufnehmen werden. Soll ich mit ihnen reden? Es ist immerhin eine schwierige Angelegenheit!"*

"Nein, das muß ich schon alleine durchstehen, Herr Doktor. Es sind ja schließlich meine Geschwister."

Dr. Eilenhofer sah ihr in das schöne, stolze Antlitz, das noch vor kurzer Zeit ein unbekümmertes Mädchengesicht gewesen war und sich fast über Nacht so gewandelt hatte. Tiefes Mitleid überkam ihn, und doch hatte er gleichzeitig das Gefühl, als würdige er sie damit herab. Was Lena brauchte, war Unterstützung, seelische Unterstützung, und die mußte er ihr zukommen lassen.

Er räusperte sich verlegen. *"Wenn du bis zur Niederkunft etwas brauchst, stehe ich dir immer zur Verfügung, denn dein verstorbener Herr Vater war nicht umsonst mein Freund!"*

"Danke", sagte Lena und legte ohne Scheu ihre braune Hand auf seinen Arm. *"Sie sind sehr lieb! Ich hoffe, daß ich es alleine schaffen werde, ohne jemandem zur Last zu fallen. Hat das kleine Geschäft und der kleine Besitz bisher fünf ernährt, dann wird es auch für sechs Personen langen."*

"Ja, gewiß, aber es will einfach nicht in meinen alten Schädel, daß gerade du es so schwerhaben sollst. Immer, wenn ich bei euch vorbeischaute, war ich froh, daß es sowas auf der Welt gibt: Ein

fröhliches, tapferes Mädchen, das das Herz auf dem richtigen Fleck hat! Es schien mir immer, daß das Schicksal eine Extraportion Glück für dich bereithalten würde. Und nun...?"

"Die Extraportion habe ich nun sicherlich schon hinter mir", entgegnete Lena leise, ohne ihn dabei anzusehen. *"Und ist es nicht auch ein Glück, einem Kind das Leben schenken zu dürfen? Sie sollen mich nicht bedauern. Was geschehen ist, habe ich mir selbst zuzuschreiben. Und jetzt bin ich überhaupt nicht mehr wichtig, nur noch das Kind, denn es soll leben, groß werden und sich wohlfühlen. Das Kind soll nicht dafür büßen müssen, daß seine Mutter im entscheidenden Augenblick der Stimme ihres Herzens gehorchte statt der Vernunft."*

Da konnte der alte Arzt nicht anders. Er mußte sich zu Lena niederbeugen und ihre Stirn küssen. In seinem langen Leben als Landarzt war ihm so etwas noch nicht passiert. Die Tapferkeit dieser jungen werdenden Mutter war einfach ohne Grenzen. Vielleicht einmalig?

* * *

Das Weihnachtsfest stand vor der Tür. Im Reindel-Haus wurden bereits die letzten Vorbereitungen getroffen. Die Geschwister halfen Lena beim Großreinemachen. Die Sterne, Ringe und Herzen aus Lebkuchenteig dufteten aus dem Backofen.

"Es riecht nach Weihnachten!" stellte die kleine Reni schnuppernd fest. *"Soll ich nicht mal probieren, Lena? Vielleicht schmekken die Lebkuchen nicht so, wie sie sollen!"*

"Marsch, in die Küche!" gebot Lena, die ihre Pappenheimer genau kannte. *"Sonst haben wir zum Fest nicht einen einzigen Kringel mehr übrig, wenn man euch gewähren ließe!"*

Alles war wie sonst in den Jahren auch. Niemand von den Geschwistern hatte bis jetzt eine Veränderung bei Lena bemerkt. Sie war freundlich und fleißig und gönnte sich kaum einen Moment Ruhe, obwohl ihr Dr. Eilenhofer ausdrücklich befohlen hatte, nach den Mahlzeiten eine gute Stunde zu liegen und, wenn möglich, zu schlafen. – Die Anordnungen des alten Arztes und Freundes übersah sie. Dabei ging es ihr bestimmt nicht immer gut. Wenn sie am wenigsten darauf gefaßt war, überkam sie Schwindel und Übelkeit. Aber Lena war durch eine harte Lebensschule gegangen und setzte allen Mißstimmungen ihren unbeugsamen Willen und ihr unerschütterliches Pflichtbewußtsein entgegen. Sie hatte sich vorgenommen durchzuhalten und wich nicht von ihrem Vorsatz ab. Niemand sollte eine Klage oder einen Vorwurf aus ihrem Munde hören. Ihre Liebe war begraben. Aber auch, wenn ihre Liebe tot war, so wollte sie sie doch nicht schmähen, denn wenn sich Wolfgang ihrer auch unwürdig erwiesen hatte, ihre Liebe war groß und schön und wunderbar gewesen bis zu jenem furchtbaren Augenblick, in dem ihr der Todesstoß versetzt worden war.

Lena war durch die Mutterschaft in wenigen Monaten um Jahre gereift. Sonst wäre sie an der bitteren Enttäuschung innerlich verblutet. Das Bewußtsein, daß sie Wolfgangs Kind unter dem Herzen trug, half ihr über das Schlimmste hinweg. Wolfgang wußte nichts davon, ahnte es nicht einmal, und doch war er nun unlösbar mit ihr verbunden. Obgleich er sie verlassen hatte, gehörte er ihr. Auch wenn er eine andere Frau heiraten würde, er war und blieb der Vater ihres Kindes. Diese unwiderrufliche Tatsache konnte niemand mehr aus der Welt schaffen, auch nicht Wolfgang selbst. Wenn sie nachts keinen Schlaf fand, dachte Lena an das Kind und versuchte sich vorzustellen, wie es aussehen würde. Darüber vergaß sie, an Wolfgang zu denken. Am liebsten hätte sie ein kleines Mädchen gehabt. Ein Junge, ahnte sie, würde sie zu sehr an seinen Vater erinnern.

Lena trug das Wissen über ihre künftige Mutterschaft mit sich herum wie einen heimlichen Schatz. Ihre Geschwister mußten auch langsam in Kenntnis gesetzt werden. Würde dann für die junge, werdende Mutter ein Kampf beginnen? Ein Kampf gegen Neugierde, endlose Fragerei – und wie würden es die Dorfbewohner aufnehmen? Vielleicht mit Schadenfreude. Oder mit Mitleid? Mit den Geschwistern mußte sie jedoch zuallererst sprechen. Die sollten es nicht auf der Straße erfahren.

Eines Abends saßen sie alle beisammen. Lena war mit der Handarbeit beschäftigt, Reiner las in seinen Büchern, und die Kleinen bastelten voller Eifer am Christbaumschmuck. Als Lena wie zufällig ihren Bruder Reiner anblickte, gewahrte sie seinen forschen Blick. Im selben Augenblick begriff sie, daß sie nicht länger schweigen durfte. Reiner war kein Kind mehr und würde es bestimmt verstehen. Auch wollte sie das schöne Vertrauensverhältnis zwischen ihr und dem Bruder nicht aufs Spiel setzen. Aber es war nicht leicht, den Anfang zu finden. Sie suchte fieberhaft passende Worte.

"Reiner", begann sie, stockte einen Augenblick und fuhr dann entschlossen fort, *"ich muß mit dir sprechen! Ich wollte es schon längst, aber... Ich bekomme ein Kind, Reiner!"*

Der Bruder wurde rot. Das Buch, in dem er las, entglitt seinen Händen und fiel polternd zu Boden. Er starrte Lena fassungslos an. Plötzlich sah er wieder wie ein Kind aus, wie ein richtiger Lausbub.

"Das ist doch nicht möglich", stammelte er.

"Doch", entgegnete Lena und hielt seinem Blick tapfer stand. *"Ich weiß nicht, wie du jetzt über mich denkst, aber versuche, nicht zu streng zu urteilen."*

Er las in ihrem Gesicht eine Bitte, vermischt mit Resignation. Reiner biß sich auf die Unterlippe. Er war verlegen und unglücklich zugleich. Um Vorurteile zu haben, hatte er seine Schwester zu lieb.

"Er wird dich doch heiraten?" fragte er nach einer kurzen Weile.

"Wer ist es überhaupt? Kenne ich ihn? Ist es Herbert?" – Die letzte Frage klang hoffnungsvoll und zugleich ein wenig ängstlich. Zweifellos hoffte Reiner..., ja, er hoffte auf eine bejahende Antwort.

Aber Lena schüttelte den Kopf. *"Nein"*, sagte sie, *"es ist nicht Herbert Freihofer."*

"Ja, aber wer?" entgegnete Reiner. Der Bruder sah immer ratloser drein. *"Es war doch wohl nicht dieser elegante Herr, der im Sommer hier Urlaub gemacht hat? Ich sah ihn ein paarmal mit dir sprechen."*

Lena wußte nur zu gut, was der Bruder jetzt empfand. Er, der in seiner Schwester immer das Muster aller weiblichen Tugenden verehrt hatte, mußte plötzlich erkennen, daß auch sie nur eine Frau wie jede andere war, fehlbar, schwach, ihrem Herzen unterworfen. Es tat ihr leid, daß sie Reiners Idealbild zerstören mußte, aber es gab keinen anderen Weg. Keinen Weg, den sie vielleicht besser beschritten hätte.

Als Lena nickte, wirkte Reiner zuerst wie verstört. Er nahm den Kopf in die linke Hand und sah zu Boden, so, als müsse er erst einmal alles verkraften. Erst nach einer ganzen Weile sagte er mühsam: *"Ich hab gleich so ein ungutes Gefühl gehabt. Du hast ihn immer so merkwürdig angeschaut. Ich weiß selbst nicht, wie ich mich ausdrücken soll. Auch hat mir zu denken gegeben, als er sich nicht mehr blicken ließ. Ich hab mir dann gedacht: 'Ach, laß sie, sie ist eben verliebt gewesen. Es wird wohl eine Weile dauern, bis sie wieder in Ordnung kommt.' Aber wenn ich geahnt hätte,..."* Er brach hilflos ab. Dann schoß ihm plötzlich das Blut in den Kopf. *"Aber ich werde den Kerl schon ausfindig machen!"* In hellem Zorn stieß er diese Worte hervor und ballte unwillkürlich die Fäuste. *"Ich brauche ja nur drüben im Seehotel nach seiner Adresse zu fragen. Und dann..."*

"Was dann?" fragte Lena mit einem Sanftmut, der in schroffem Gegensatz zu Reiners Erregung stand. *"Was dann?"*

Reiner war aufgesprungen und eilte mit langen Schritten durch das Zimmer. Obwohl er sich gerade in diesem Augenblick als Mann fühlte, wirkte er doch wie ein pausbackiger Junge, der im Begriff steht, in blinder Wut auf einen größeren, stärkeren Jungen loszugehen. *"Ich werde ihm schreiben! Er wird sich meinen Brief nicht hinter den Spiegel stecken, glaub es mir! Er muß einfach herkommen und dich heiraten, und zwar sofort, oder..."*

Während sie Reiner nur mit halbem Ohr zuhörte, dachte Lena, wie ähnlich sich doch die Männer waren. Dr. Eilenhofer und ihr Bruder Reiner, nur verschieden an Alter, Erfahrung und Wesensart. Offenbar waren beide der Meinung, daß man nur noch mit Gewalt diesen feinen Herrn herbeibekam.

Als Reiner geredet hatte, sagte sie ruhig: *"Und du meinst, daß ich das zulasse?"* – *"Was?"* – *"Daß mich jemand heiratet, weil er dazu gezwungen wurde. Falls er sich überhaupt zwingen ließe..."* – *"Lieber"*, nun schwang auch in ihrer Stimme tiefe Leidenschaft mit, *"lieber geh ich für mich und mein Kind betteln, als daß ich einem nachlaufe, der nichts mehr von mir wissen will! Aber es wird nicht notwendig sein, daß ich betteln gehe. Ich werde arbeiten wie bisher, und es wird für uns alle langen, ohne daß ihr fürchten müßt, zu kurz zu kommen."*

Reiner wurde rot. *"Davon ist doch gar nicht die Rede! Du hast die ganze Zeit für uns gesorgt, ja wie unsere Mutter. Was hätten wir ohne dich angefangen?"* Seine Stimme klang, als wenn man einen Kloß im Hals hat. *"Nein, ich will nur nicht, daß über dich geredet wird im Dorf und daß alles in dir zerbricht. Warum soll er dich nicht heiraten!"*

"Weil er mich nicht liebt", sagte Lena sehr leise. Es fiel ihr doch recht schwer, dies auszusprechen. *"Und weil eine Ehe ohne Liebe eine viel, viel schlimmere Sünde ist, als ein Kind zur Welt zu bringen, das nicht den Namen seines Vaters trägt. Du selbst bist noch zu jung, um das zu verstehen, Reiner. Aber wenn du erst selbst*

mal ein Mädchen von ganzem Herzen liebst und kein Abenteuer suchst, wirst du mir recht geben."

Reiner nahm beide Hände vors Gesicht und stieß dann hervor: *"Es ist so gemein, ... so gemein! Daß gerade dir das passieren mußte! Warum hat er dir nur den Kopf verdreht, wenn er sich nicht wirklich etwas aus dir machte?"*

Lenas Blick senkte sich. *"Es war wohl nur eine nette Abwechslung für ihn. Die feinen Herren nehmen es dabei nicht so genau. Es ist bestimmt nur so ein Spiel, das sie gewinnen wollen, nichts weiter. Böse hat er es vielleicht gar nicht mal gemeint. Er ist es halt nicht anders gewohnt!"* Lena preßte beide Hände vor die Brust und atmete ein paarmal tief. Eine Welle des Schmerzes war bei diesen Gedanken über sie hinweggegangen und hatte sie matt und ausgepumpt und mit zitternden Knien zurückgelassen.

"Es wird ihm kein Glück bringen!" entgegnete ihr Bruder wild.

Lena schüttelte wieder den Kopf. *"Nicht, nicht so!"* bat sie. *"Haß und Rachegefühle helfen uns jetzt nicht weiter. Wir müssen alle in Liebe zusammenstehen, und nur so kommen wir gemeinsam darüber hinweg."*

Reiner warf ihr einen finsteren Blick zu. *"Ich glaube fast, du hast ihn noch immer gern!"*

Nun war es Lena, die tief errötete. Aber wieder schüttelte sie den Kopf. *"Das ist aus, aus und vorbei! Ich kann ihn nur nicht hassen. Machst du mir daraus einen Vorwurf? Schließlich ist er doch der Vater meines Kindes!"*

"Das hätte ich fast vergessen", murmelte Reiner. Dann trat er auf seine Schwester zu und legte ihr mit etwas unbeholfener brüderlicher Zärtlichkeit die Hand um die Schulter. *"Was auch immer geschieht, ich halte zu dir"*, sagte er rauh. *"Ich weiß, was du wert bist, und wer etwas daran zweifelt, den werde ich mit der Nase darauf stoßen!"*

Lena drückte ergriffen seine Hand. *"Lieber Reiner"*, sagte sie, *"mein lieber Bruder!"* Sie wollte sich nicht weichmachen lassen.

Draußen wurde ein Schlüssel ins Schloß gesteckt.

"Das wird eine von den Kleinen sein." Lena holte tief Atem. Sie schalt sich töricht, aber sie hatte Angst vor Manuela. Manuela war nach ihr die zweitgrößte Schwester und eigensinnig wie alle Sechzehnjährigen. Außerdem befand sie sich gerade in einer schwieri-

gen Entwicklungsphase. Vielleicht würde es mit ihr nicht so leicht gehen wie mit Reiner.

Lena sollte recht behalten. Manuela war, nachdem sie alles erfahren hatte, zunächst sprachlos und dann empört. Aber seltsamerweise war diese Empörung nur gegen ihre Schwester gerichtet: *"Wie konntest du nur!"* Sie rief diese Worte in einem anklagenden Ton. *"Wie konntest du nur! Wenn das herauskommt, werden uns alle im Dorf meiden! Du wirst es sehen! Ach, ich schäme mich ja so!"*

"Dazu hast du auch allen Grund!" erwiderte Reiner ziemlich wütend. *"Schäm dich, weil du immer bloß an dich denkst! Lena hat dir immer zuviel durchgehen lassen. Und das ist nun das Ergebnis!"*

"Ach Du!" rief Manuela fast weinend. *"Was verstehst du denn davon! Deine Freunde werden dadurch immer noch zu dir kommen; die finden das bestimmt noch interessant! Aber ich...! Im Dorf wird man mit Fingern auf mich zeigen und das gleiche wie bei Lena vermuten."* Sie warf Lena dabei einen halb scheuen, jedoch trotzigen Blick zu. – Die vollendete jedoch scheinbar ruhig Manuelas Äußerung: *"Auch du bist ein leichtfertiges Ding, genau wie deine große Schwester! Nicht wahr, das wolltest du doch sagen!"*

Manuela biß sich auf die Lippen, dann warf sie ihren hübschen blonden Kopf zurück. *"Natürlich! Die meisten Leute sind so. Wie die Almut vom Lehrer Hamacher ins Gerede gekommen ist, war auch auf einmal die gesamte Familie verpönt! Der Lehrer mußte um seine Versetzung nachsuchen. Ich glaube, heute leben die Hamachers in einem Vorort von München. Und jetzt soll es mir genauso ergehen!"* Vor Selbstmitleid begann Manuela tatsächlich zu schluchzen.

Lena war merklich blaß geworden, ließ sich jedoch nicht anmerken, wie tief sie Manuelas Verhalten kränkte. *"Ela"*, bat sie, *"mach es mir doch nicht noch schwerer! Meinst du nicht, daß ich die schwerste Bürde zu tragen habe?"*

"Daran hättest du vorher denken müssen!" Manuela stampfte jetzt etwas mit dem Fuß auf. *"Auch der Herbert wird bestimmt kein Wort mehr mit uns reden. Er hat dich immer so verehrt! Bestimmt ist er auch seit langem verliebt in dich! Aber das sag ich dir: Wenn das Kind da ist, dann bleibe ich nicht länger hier! Ich geh zur Tante Gertrud nach Schwabing!"*

Ein klatschendes Geräusch schnitt Manuelas Ausbruch ab. Reiner, der geduldige, stets freundliche Reiner, hatte zum ersten Mal seine Hand gegen eines der Geschwister erhoben und Manuela eine schallende Ohrfeige versetzt. – Das junge Mädchen starrte ihn fassungslos an. Langsam hob es die Hand und legte sie auf die Wange, wo sich die Finger ihres Bruders deutlich abzeichneten.

"Es tut mir leid", sagte Reiner kurz. *"Ich konnte es nicht länger mit anhören. Du wirst dich bei Lena entschuldigen!"*

Die winkte traurig, aber mit stolzer Zurückhaltung ab: *"Laß nur, Reiner! Ich weiß nun wenigstens, was ich zu erwarten habe. Wenn schon meine eigene Schwester..."*

"Ich bin kein kleines Kind mehr, das man schlägt!" fuhr Manuela jetzt zornig dazwischen. *"Wenn sich hier jemand zu entschuldigen hat, dann ist es Reiner, und zwar bei mir!"*

"Fällt mir gar nicht ein!" entgegnete er kühl. *"Du hast dich gegenüber Lena mehr als schlecht benommen! Denkst du nicht mehr an die vielen kleinen und großen Opfer, die uns Lena entgegengebracht hat? Seit Jahren schon hat sie treu für uns gesorgt, und jetzt willst du sie im Stich lassen? Pfui!"* Er hatte sich hochgradig in Hitze geredet. Vielleicht hielt er auch mit sich selbst Abrechnung, war er doch ehrlich genug, sich einzugestehen, daß seine allererste Reaktion in etwa die gleiche wie bei Manuela gewesen war. Nur hatte er diese Reaktion für sich behalten, um Lena nicht zu verletzen. Das war der Unterschied...!

Höchst ungerecht behandelt fühlte sich Lena und begann aufs neue zu weinen. *"Du verstehst mich nicht!"* schluchzte sie. *"Niemand versteht mich! Ich wollte, ich wäre tot!"*

"Manuela!" sagte Lena erschrocken. *"Was redest du denn da!"* Obwohl die Schwester sie tief gekränkt hatte, tat sie ihr leid. Ganz so unrecht hatte sie ja nicht. Zu gern hätte Lena die Folgen ihrer Liebschaften mit Wolfgang auf sich allein genommen. Nun wußte sie, daß dies unmöglich war und ein Teil auf die Geschwister fallen würde. So waren nun mal eben die lieben Mitmenschen eines Dorfes. Sie konnte Manuela verstehen, und doch quälte es sie. Scheinbar ruhig sprach sie dann auf ihre Schwester ein: *"Wenn du zur Tante Gertrud willst, lege ich dir keinen Stein in den Weg, obwohl..."* Lena verschluckte den Rest des Satzes.

Natürlich würde es ihre Position erschweren, wenn Manuela sich so offensichtlich von ihr abwandte. Aber sie wollte ihre Schwester nicht beeinflussen. *"Letzten Endes"*, dachte sie schmerzlich, *"ist sie ja im Recht und ich bin im Unrecht. Ich bringe Schande über die Familie Reindel, über unseren guten Namen. Ich darf es mir einfach nicht leisten, auch noch die Empfindliche zu spielen."*

Manuela sah ihre große Schwester unsicher an. Ahnte sie, was jetzt in Lena vorging? Einen Augenblick schien es, als werde sie sich Lena an den Hals werfen und sie um Verzeihung bitten. Doch dann senkte sie die Wimpern und schob trotzig die Oberlippe vor. *"Ich ertrage es nicht, wenn man mit Fingern auf mich zeigt! Ich..., ich kann es einfach nicht aushalten."*

"Schon gut! Es ist ja schon gut!" Lenas Stimme klang müde. *"Lassen wir diese furchtbare Debatte! Reiner, du mußt die Ela verstehen. Sie ist noch so jung; vielleicht wird sie später weniger hart urteilen."*

"Sie ist eine alte Gans!" stieß Reiner wütend hervor. *"Eine dumme, selbstsüchtige alte Gans! Ich schäme mich für sie!"*

Beschwichtigend legte ihm Lena die Hand auf den Arm: *"Sei gut, Reiner! Wenn wir jetzt auch noch beginnen, uns untereinander zu streiten...! – Manuela ist eben noch zu jung"*, wiederholte sie.

Doch dieses Argument verfehlte seine Wirkung auf den Bruder. Grollend entgegnete er: *"Nicht viel jünger als du warst, als du plötzlich Mutters Stelle vertreten mußtest! Ela hat nie gelernt, an andere zu denken oder sich in jemand anderen hineinzuversetzen. Das ist es!"*

Manuela stürzte wortlos aus dem Zimmer und warf die Tür so heftig hinter sich ins Schloß, daß in dem kleinen Haus alle Fensterscheiben bebten.

Lena stützte sich auf den Tisch. Sie war nun doch merklich blaß geworden. Reiner trat neben sie und sagte rauh: *"Mach dir bitte nichts daraus, Lena! Was so ein unreifes Ding daherplappert, sie bereut es bestimmt."*

"Es ist nur der Anfang", erwiderte Lena leise. *"Ich werde noch ganz andere Dinge herunterschlucken müssen, fürchte ich. Man bekommt doch immer, was man verdient...! – Wenn ich nur wüßte, wie sich die anderen dazu stellen werden. Sie sind noch Kinder, aber ich werde ihnen doch ein offenes Wort sagen müssen, wenn ich nicht will, daß man es ihnen in der Schule hinter vorgehaltener Hand zuflüstert."*

Das Gespräch mit den Kleinen, das wenige Tage später stattfand, verlief jedoch ganz harmlos. Lena, die sich trotz allem davor gefürchtet hatte, war darüber erstaunt und beglückt.

Die kleine Reni fand an der Tatsache, daß ihre große Schwester ein Kind erwartete, ohne verheiratet zu sein, nichts weiter Verwunderliches. Über diese Dinge hatte sie sich noch nie den Kopf zerbrochen. Das kleine Geschöpf interessierten ganz andere Probleme, etwa welche Rechenaufgaben in der Schule aufgegeben werden würden, ob das Taschengeld für eine neue Fahrradpumpe reichen würde und was es zum Mittagessen gab. – *"Ein kleines Kind! Hoffentlich brüllt es nicht den ganzen Tag!"* Damit war für Reni der Fall erledigt.

Der vierzehnjährige Fred jedoch begann daraus schon einen Roman zu machen. Er war gerade in dem Alter, wo man sich für Liebesgeschichten zu begeistern beginnt. Je aussichtsloser, desto besser. Daß sich eine solche Geschichte in ihrer Familie abspielte, fand Fred eigentlich sehr spannend. Er umarmte Lena unbeholfen und wollte flüsternd wissen, wer denn der "Herr" sei. Etwa ein Adeliger, dessen Eltern eine Verbindung mit der großen Schwester untersagt hatten? – *"Es ist alles nur halb so romantisch"*, sagte Lena kurz. *"Das Leben ist kein Film."*

Immerhin war sie froh, daß Reni und Fred nicht in Manuelas Horn stießen. Sie war jedoch nun fortwährend auf ein neues Unglück gefaßt...

* * *

Am 23. Dezember, als Lena gerade die Weihnachtspäckchen für die Geschwister vorbereitete, läutete es draußen. Sie ging hinaus und öffnete.

Als sie Herbert erblickte, kam etwas Farbe in ihre blassen, schmal gewordenen Wangen. *"Du? Das ist aber nett, daß du auch mal wieder vorbeischaust. Ich bin ganz allein im Haus und nutze die Gelegenheit, um meinen Christkindchenpflichten nachzukommen."* Sie freute sich wirklich, Herbert zu sehen. In letzter Zeit war ihr Leben nicht gerade reich an Freuden. Darum genoß sie diese doppelt.

Herbert begrüßte sie mit einer gewissen Befangenheit und folgte ihr in die behaglich warme Wohnstube, in der es nach Tannenzweigen duftete.

"Einen Bratapfel, Herbert?"

"Wenn du so gut sein willst!" Seine Blicke folgten ihr, als sie einen rotbackigen Apfel aus dem Körbchen nahm, ihn blank rieb und auf den Ofen legte. Dabei zogen sich seine Brauen ein wenig zusammen und auf seinem sympathischen Gesicht erschien ein schmerzlicher Zug. Lena, durch sein ungewohntes Schweigen beunruhigt, sah ihn an.

"Ist etwas los bei euch? Du bist so merkwürdig... Ist etwas nicht in Ordnung?" Herbert erhob sich schwerfällig und trat an den Tisch, wo Lena sich wieder mit ihren Päckchen beschäftigte. Seine Finger spielten mit einem Knäuel Goldfäden. Ohne aufzublicken sagte er: *"Es ist nicht recht von dir, daß du dich mir nicht anvertraust!"*

Sie wußte sofort, wovon er sprach. Das Päckchen, das sie eben ergriffen hatte, glitt auf den Tisch zurück. *"Woher weißt du es, woher nur?"* fragte sie.

"Muß ich das denn sagen!"

"Also von Reiner!" murmelte sie. *"Ich hätte es mir denken können."*

"Du darfst ihm nicht böse sein", erwiderte er rasch. *"Eigentlich hat er das einzig richtige getan. Warum nur hast du mir kein Wort gesagt, Lena? Du mußt doch wissen, daß ich – daß ich dich..."* Er stockte. Der Blick, mit dem er Lena ansah, war voller Traurigkeit.

"Eben darum!" sagte sie ebenso leise wie vorhin. *"Es ist mir schwergefallen, weil – weil ich dir nicht wehtun möchte. Ich sehe jetzt ein, daß das sehr dumm von mir war. Sei mir bitte nicht bös, lieber Reiner!"*

Er rollte sich einen Goldfaden um den Finger, immer hin und her. *"Du wirst den – den anderen Mann wirklich nicht heiraten?"* fragte er mit belegter Stimme.

Lena lächelte weh. Tapfer antwortete sie: *"So mußt du nicht fragen, Herbert. Da er ja keinen Wert darauf legt, mich zu heiraten, bleibt mir ja nichts anderes übrig, als darauf zu verzichten."*

"Dieser schlechte Mensch..., dieser Schuft!" Aus Herbert brachen diese Worte mit plötzlicher Leidenschaft heraus und er schlug mit der rechten Hand auf die Tischkante. *"Ich habe ihm noch persönlich die Koffer zum Auto getragen, weil der Hoteljunge gerade nicht zur Stelle war! Hätte ich nur die leiseste Ahnung gehabt, ich glaube, ich hätte ihn bedenkenlos zusammengeschlagen."*

"Herbert...!"

"Ach, laß mich!" Ungestüm schüttelte er ihre Hand ab, die sich bittend auf seinen Arm gelegt hatte. Dann sagte er: *"Es tut mir richtig leid, daß ich es nicht getan habe, jawohl – richtig leid! Man rennt jahrelang neben einem Mädchen her und wagt nicht, es anzurühren, weil man fürchtet, es zu erschrecken oder – oder was weiß ich. Und dann so ein Kerl, dem nichts heilig ist, nicht einmal ein anständiges Mädchen, der kommt und nimmt sich, was ihm paßt und geht dann seiner Wege, ohne sich auch nur noch einmal umzudrehen! Man könnte glatt verrückt werden bei diesen Gedanken!"*

Angesichts dieses ehrlichen Schmerzens krampfte sich Lenas Herz zusammen. Fast vergaß sie darüber ihr eigenes schweres Schicksal. *"Herbert"*, bat sie nochmals, *"nimm es bitte nicht so furchtbar schwer und – und laß uns Freunde bleiben! Gute Freunde, verstehst du! Schau, was geschehen ist, kann ich nicht mehr aus der Welt schaffen, auch wenn ich es wollte. Ich habe den falschen Mann geliebt – ich wünschte, daß du es gewesen wärest. Man kann es sich eben nicht aussuchen, es geschieht eben und niemand fragt einen, ob man will..."*

"Und was soll jetzt werden?" fragte Herbert heftig. *"Aus dir – und aus dem Kind? Willst du all den Leuten im Dorfe ganz allein die Stirn bieten?"*

"Es bleibt mir nichts anderes übrig!" antwortete Lena ruhig. *"Man erntet im Leben immer nur das, was man gesät hat."*

"Nein, es ist nicht gerecht! Nein, Lena, nein, nein...! Gerade weil du so ein sauberes, liebes Geschöpf bist, hatte er leichtes Spiel mit dir. Eine raffiniertere, viel erfahrenere Frau als du wäre ganz bestimmt nicht auf ihn hereingefallen." –

"Lena!" er griff nach ihrer Hand und drückte sie krampfhaft, *"seit Reiner bei mir war, laufe ich hin und her und kann an nichts anderes mehr denken als an dich! Schon immer habe ich dich sehr gern gehabt, das weißt du ja, und ich hab dich auch jetzt noch gern. Das, was geschehen ist, ändert nichts daran. Meine Gefühle zu dir haben sich lediglich noch vertieft. Und darum, Lena..., darum heirate mich!"*

Lena sah ihn groß an. *"Ja, aber Herbert – ich bekomme ein Kind!"*

Ungeduldig und verlegen zuckte er mit den Achseln. *"Und wenn schon!"* stieß er hervor. *"Es ist besser, vor der Ehe eine Dummheit zu begehen, als in der Ehe! Darüber hinaus kenne ich dich so gut, ja schon von Kindheit an. Du wirst die beste und treueste Frau sein, und ich habe dich eben sehr gern. Auch das Kind werde ich gernhaben..., du brauchst deswegen keine Angst zu haben!"*

"Lieber, guter Herbert", Lenas Augen schimmerten feucht, *"du bist ein prima Kerl..., warst es schon immer, und ich glaube dir."*

"Na also!" Er lachte nervös. *"Dann ist ja alles in Ordnung! Noch heute rede ich mit meinem Vater. Er ist nicht kleinlich, und du weißt ja, daß er sich schon lange wünscht, daß aus uns beiden ein Paar wird. Seine Zustimmung ist so gut wie sicher! Lena, ich...!"* Mit rotem Kopf trat er näher und wollte den Arm um sie legen.

Doch sie entzog sich ihm mit einer raschen Wendung. *"Es geht nicht, Herbert. Ich..., ich kann nicht!"*

Er starrte sie an. *"Heißt das, daß du – daß du mich nicht heiraten willst?"* – Stumm nickte sie.

"Du weist einfach meinen Antrag zurück?" – Wieder nickte sie.

"Das ist nicht dein Ernst", rief er und griff nach ihrem Arm, zwang sie, ihm in die Augen zu sehen. *"Warum nicht, Lena..., warum? Begreifst du nicht, daß das die Rettung ist, für dich und für das Kind? Niemand wird es wagen, die Frau, die meinen Namen trägt, in irgendeiner Form zu belästigen oder schlecht über sie zu sprechen!"*

"Ich weiß!" sagte Lena leise, *"Ich weiß, daß es ein großes Glück für mich wäre, auch für das Kind. Ich kann es trotzdem nicht tun, Herbert. Ich müßte mich sonst vor mir selber schämen."*

"Ich versteh dich nicht! Ich verstehe einfach kein Wort von dir. Warum mußt du dich schämen? Ich hab dich lieb..., und du?"

"Ich hab dich auch lieb, Herbert, wie einen Bruder!" sagte sie ernst. *"Das ist jedoch für eine Ehe zu wenig... und nun gar für eine solche Ehe. Ich kann nicht nur nehmen, Herbert! Und was könnte ich dir schon geben? Sogar meinen guten Namen habe ich verloren. Nein, Herbert, dieses Tauschgeschäft hätte für mich alle Vorteile und für dich lauter Nachteile. Und um dir das zuzumuten, hab ich dich zu gern!"*

Während sie dies sagte, fühlte sie, daß sie zwar die Wahrheit sprach, aber nur die halbe Wahrheit. Daß der Sturm, der über ihr unschuldiges Herz hinweggebraust war, sie der Fähigkeit zu lieben für immer beraubt hatte, wollte sie nicht aussprechen. Sie wagte es kaum selbst, sich dies einzugestehen...

Herbert faßte sie an der Schulter und schüttelte sie leicht. *"Was redest du da, Lena! Ich wäre so glücklich, wenn du dich entschließen könntest!"*

"Glücklich?" unterbrach sie ihn. *"Wirklich glücklich...?"*

"Die Liebe wiegt man nicht mit der Goldwaage ab, was sie gibt und was sie nimmt! Sie ist zufrieden, wenn man ihr erlaubt, zu geben." Diese Worte von Herbert trafen tief in Lenas Brust, die sie zerrissen und verstummt geglaubt hatte.

"Wenn man ihr erlaubt, zu geben..." Auch ihre Liebe zu Wolfgang hatte nur zu geben verlangt..., mit vollen Händen und ohne zu überlegen, was sie dafür wieder bekam. Durfte sie jetzt dem Schicksal grollen und klagen, weil sie mit leeren Händen zurückgeblieben war? Trug nicht jede, auch die unglücklichste Liebe, ihren Lohn in sich selbst? Lieben, lieben können, war immer ein Glück...!

Sie sah Herbert an und spürte zutiefst, daß sie der einen, vielleicht verzeihlichen Sünde eine größere, unverzeihliche hinzufügen würde, wenn sie ohne Liebe heiratete, um sich den Folgen ihres Fehltritts auf bequeme Art und Weise zu entziehen. *'Es wäre auch sehr ungerecht gegen Herbert'*, dachte sie, *'ungerecht und feige. Und feig war ich noch niemals!'*

"Ich weiß deinen Großmut zu schätzen", sagte sie leise. *"Ich danke dir – ich danke dir sehr, lieber Herbert. Aber es geht nicht. Ich kann es einfach nicht."*

Es gelang ihm nicht, die so von ihm umworbene Lena umzustimmen, obwohl er nichts unversucht ließ und seine ganze Liebe zu ihr in Worte zu kleiden versuchte. Schließlich ging er, ohne *"Auf Wiedersehen"* gesagt zu haben, und Lena fragte sich, ob er wohl nur unglücklich war oder in einem Herzenswinkel doch so etwas wie eine Erleichterung heimlich verspürte.

Sie wandte sich wieder ihren Päckchen zu und dachte schon an das nächste Weihnachtsfest, an dem dann auch das Kind teilnehmen konnte, das sie unter dem Herzen trug. In diesen Gedanken lag eine unbeschreibliche Süßigkeit verborgen. Sie stellte sich vor, wie sie das Kind auf dem Arm halten und zum Weihnachtsbaum hinführen würde – und es würde lachen und mit seinen kleinen Händchen nach den bunten Glaskugeln greifen... – War nicht eine einzige solche Stunde alle Opfer wert?

Als ihr Bruder Reiner erfuhr, daß Herbert von Lena einen Korb bekommen hatte, war er auf die Schwester zum ersten Mal richtig böse. Er hatte es so gut gemeint, und Herbert hatte sich wirklich gut benommen. Und nun tat sie, als wäre das alles nichts!

"Worauf wartest du denn?" fragte er ungehalten und wurde vor sichtlicher Enttäuschung taktlos. *"Wartest du darauf, daß sich der feine Herr Berger wieder an dich erinnert und zurückkommt, um dir voller Reue Herz und Hand zu bieten?"* Doch sofort tat ihm seine Äußerung wieder leid, als er Lenas Gesichtsausdruck wahrnahm. *"Sei mir bitte nicht bös, liebe Lena! Ich habe es nicht so gemeint – und ich wollte dich nicht kränken! Es ist nur... Warum bist du so schrecklich unvernünftig?"*

Lena lächelte müde. *"Weil Vernunft und Gefühl nichts, aber auch gar nichts miteinander zu tun haben, Reiner. Eines Tages wirst auch du noch darauf kommen..."*

* * *

Die polnische Hauptstadt überspannte eine blasse Wintersonne, die kaum wärmte. Schon vor Wochen war die letzte Schneeflocke heruntergerieselt. Es war naßkalt und irgendwie trostlos. Die große Stadt ertrank in fahlem Grau. Nieselregen und Nebel ließ die Menschen in den Häusern verharren. Aber der Mann, der da in seinem eleganten, vornehmen Appartement am Schreibtisch saß, merkte nichts davon.

Wolfgang Berger war in Briefschaften versunken, die er sich aus seinem Büro mit heim genommen hatte, um sie in aller Ruhe lesen zu können. Mit kundigem Blick überflog er Zeile um Zeile. Plötzlich verspürte er das Bedürfnis, sich ein wenig Bewegung zu verschaffen, stand auf und wanderte im Zimmer auf und ab. Es war ein eleganter großer Raum mit schönen echten alten Stilmöbeln. Die Wände waren mattbraun getäfelt und paßten sich zeitlos an.

"Ein wirklich schönes Arbeitszimmer", dachte er beiläufig. Dann öffnete er den kleinen Wandschrank und schenkte sich ein Glas Sherry ein. Besonders gut schmeckte er ihm nicht – wohl darum, weil er nicht die richtige Temperatur hatte. Etwas verstimmt stellte er das Glas auf den Tisch und setzte seine unstete Wanderung fort.

Das letzte halbe Jahr hatte ihm große persönliche Erfolge gebracht. Von der Warschauer Gesellschaft, vornehmlich dem weiblichen Teil, wurde er nach Strich und Faden verwöhnt. Eine der schönsten Frauen war seine Gefährtin. Herren aus Wissenschaft und Technik unterhielten sich gern mit ihm. Überall wurde ihm eine glänzende Karriere prophezeit. Erst kürzlich hatte er zufällig gehört, wie sich einige Herren der höheren Politik über ihn aussprachen. Dabei waren auch solche Worte gefallen wie *"Auf Berger geben Sie bitte acht! Der wird nochmal Außenminister!"* – Birgit war vor Stolz außer sich gewesen, als Wolfgang es ihr erzählt hatte. Wahrscheinlich sah sie sich schon als *"Frau Minister"*...

"Warum in der Welt bin ich nicht glücklich?" fragte sich Wolfgang und blies den Rauch seiner Zigarette gegen die Decke. *"Ich bin mit meinen dreißig Jahren bereits dort, wo andere Leute vielleicht mit fünfzig stehen. Alles, was ich bisher unternommen habe, hat geklappt. Mein Leben entwickelt sich genau so, wie ich es mir immer gewünscht habe. Wenn das so weitergeht, kann ich tatsächlich einmal Minister werden. Und doch bin ich nicht glücklich!"*

Nein, er war nicht glücklich. Was er empfand, war Stolz, ein wenig Triumph vielleicht gegenüber den weniger erfolgreichen Berufskollegen. Aber Glück? Nein, das kannte er nicht. In manchen Stunden, so wie eben jetzt, ergriff sogar eine wachsende Verdrossenheit von ihm Besitz. Zwar besaß er alle Voraussetzungen, aus denen sich das Glück eines Mannes zusammensetzt, aber es gelang ihm nicht, alles zu einem Ganzen zu formen.

Wenn er allein war, tauchte manchmal Lenas Bild vor ihm auf, wie eine flüchtige Mahnung. So auch jetzt. Er setzte sich auf das stilvolle, jedoch unbequeme Sofa, zündete sich eine Zigarette an und sah mit halbgeschlossenen Augen vor sich hin. Fast sieben Monate nun schon lag die Liebesbeziehung mit Lena zurück. Es war ihm immer noch nicht gelungen, sie ganz aus seinem Bewußtsein zu verbannen. Jetzt zum Beispiel sah er Lena wieder ganz nah vor sich, ihr leuchtendes Blondhaar, ihren schönen roten Mund, ihre klaren blauen Augen, ihre hingebungsvolle Gebärde, mit der sie die Arme nach ihm ausgestreckt und den Kopf in den Nacken hatte sinken lassen...

Die innere Unruhe trieb ihn wieder hoch. Erneut durchmaß er mit langen Schritten den Raum. Er hatte schlecht gehandelt. Zum ersten Mal in seinem Leben wurde ihm das bewußt. Lange Zeit überlegte er hin und her, ohne seine Gedanken genau kontrollieren zu können. Dann kleidete er sich um und fuhr zu Birgit, die ihn bereits erwartete und ihm lächelnd einen Kuß gab.

"Du bist spät dran, Schatz, doch ich will dir noch einmal verzeihen. Wir fahren doch in den Klub?"

Der Klub war eine ziemlich lose Vereinigung der jüngeren unter den in Warschau akkreditierten Diplomaten. Es wurde dort ein wenig Politik gemacht, aber auch getanzt und geflirtet. Im Klub war immer etwas neues los. Es war auch kein Wunder, daß die von allen umschwärmte Birgit sich dort wie zu Hause fühlte.

Auch Wolfgang war sehr gern im Klub. Nur heute, er wußte selbst nicht wieso, hatte er kein rechtes Verlangen nach geschliffener Konversation und den heißen Rhythmen der Tanzkapelle. Er sah Birgit an und sagte: *"Können wir nicht irgendwo zu Abend essen? Ich habe heute kein richtiges Verlangen auf diese Umgebung."*

Birgit verzog schmollend den stark geschminkten Mund. *"Du wirst mir doch nicht den Spaß verderben, Schatz? Ich habe ein neues Kleid an, auch wenn du es noch nicht bemerkt hast, und möchte mich damit nicht in einem langweiligen Restaurant verstecken!"*

Wolfgang verbeugte sich vor ihr mit einem höflichen Lächeln. *"Du siehst sehr gut aus, Birgit, aber das tust du ja immer. Also, gehen wir in den Klub! Einem neuen Kleid muß man schon Opfer bringen..."*

Birgit Hoffmann war eine auffallend schöne Frau, und dies wußte sie selbst zu genau. Ihr blauschwarzes, seidiges Haar und ihre nachtdunklen, langbewimperten Augen verliehen ihr ein wenig das Aussehen einer Südländerin, wozu auch ihr bräunlicher Teint und ihre geschmeidige, schlanke Gestalt beitrugen. Sie wirkte temperamentvoll, ja leidenschaftlich, viel temperamentvoller und leidenschaftlicher, als sie in Wirklichkeit war. Wolfgang hatte von Anfang an sofort richtig erkannt, daß sie eine kühle Natur war und nach einem genauen Plan lebte, den zu durchkreuzen sie ihrem Herzen niemals gestattet hatte.

Noch nie war ein Gefühl von ihr ausgegangen, nie hatte sie, wie man so schön sagt, eine Dummheit gemacht. Vielleicht war sie am Anfang in Wolfgangs Charme, in sein gutes Aussehen, seine weltmännische Gewandtheit verliebt gewesen. Aber sehr bald hatte sie erkannt, daß dieser schöne, elegante Mann mehr war als schön und elegant – und sogleich war sie entschlossen gewesen, an seiner Seite die gesellschaftliche Stufenleiter emporzuklettern.

Über die Tiefe seiner Liebe zu ihr machte sie sich keinerlei Illusionen. Für sie war es eben eine angenehme Zugabe. Gegen gelegentliche Seitensprünge Wolfgangs hatte sie nichts einzuwenden, denn nur zu häufig gönnte sie sich einen kleinen heißen Flirt. Doch bei dem geringsten Anzeichen dafür, daß er für eine andere Frau tieferes Interesse empfand, hätte sie alle erlaubten und auch unerlaubten Mittel eingesetzt, um Wolfgang zu halten. Auf ihrem Weg war er eine Stufe nach oben! Sie dachte nicht daran, ihn etwa einer anderen zu gönnen. Übrigens war er noch immer zu ihr zurückgekehrt! Seinetwegen brauchte sie sich keine Sorgen zu machen, da war sie sicher – ganz sicher.

Alles, was Rang und Namen hatte, war im Klub versammelt.

In den bequemen Sesseln im Rauchsalon saßen je ein Österreicher und ein Engländer und begrüßten Birgit und Wolfgang mit lautem Hallo. Herr Irlinger, der Österreicher, nahm sich sofort Birgits an und führte sie hinaus zur Tanzfläche. Wolfgang hatte dazu sehr bereitwillig seine Erlaubnis gegeben. Gerade wurde ein Blues gespielt.

Wolfgang prostete kurz dem Engländer mit seinem Whisky zu und hing dann minutenlang seinen Gedanken nach. Heute fühlte er sich wirklich nicht wohl! Lenas Gesicht war wieder einmal zu nah vor ihm gewesen.

Der Engländer schien ratlos, als er in Wolfgangs Gesicht sah. John Pears, so hieß der Mann von der grünen Insel, fragte Wolfgang nach einer Weile: *"Kommen Sie Sonntag zum Tennis, Berger?" Es wird bestimmt sehr interessant!"*

Wolfgang zuckte die Achseln. *"Ich weiß noch nicht – vielleicht!"*

"Sie sollten nicht immer so viel arbeiten", spöttelte Pears. *"Sie sind einer von den ganz Ehrgeizigen, Berger. Arbeit ist gut, aber Tennis ist es auch. Manchmal ist Tennis sogar noch besser!"*

Hinter einem nichtssagenden Lächeln verbarg Wolfgang seine Verstimmung. *"Ich werde bestimmt noch einmal auf Ihren Tipp zurückkommen, Pears. Aber ob es Sonntag klappt, weiß ich jetzt noch nicht."*

"Sie sind unverbesserlich, Mr. Berger! Sie sind...!" Die letzten Worte verstand Wolfgang nicht mehr, denn der Engländer war aufgestanden und hinausgegangen. So hing er weiter seinen Gedanken nach und wartete ein wenig uninteressiert auf Birgit. Die Kapelle spielte jetzt einen flotten Walzer.

Nach und nach füllte sich der Rauchsalon wieder mit Damen und Herren, die nun verschwitzt und erschöpft von der Tanzfläche zurückkehrten. Wolfgang führte ein paar kurze, belanglose Gespräche mit dem Gesandten von Beirut und einigen anderen aus der arabischen Welt. Dabei bestellte er einen neuen doppelten Whisky und hatte ihn gerade ausgetrunken, als Birgit wieder auftauchte. Der Österreicher geleitete sie galant zum Tisch zurück und bedankte sich durch eine kurze Verbeugung bei Wolfgang.

Birgit war atemlos, strahlte jedoch über das ganze Gesicht. Das neue Kleid umspannte ihren Körper wie eine zweite Haut. *"Du sitzt noch immer da, Wolfgang! Komm, laß uns tanzen!"*

Er erhob sich und führte sie etwas widerwillig auf das Tanzparkett. Birgit lag leicht und geschmeidig in seinen Armen. Manchmal stöhnte sie leise auf vor Vergnügen. *"Ja, so ist es bestimmt für dich richtig"*, sagte er trocken und sah einfach an ihr vorbei. Seine Gedanken waren nicht in diesem Raum.

* * *

An einem wundervollen Samstag im Mai, fast überpünktlich, als Gerade die Glocken der kleinen schmucken Kirche von Kochel zum Kirchgang riefen, brachte Lena ihren kleinen Jungen zur Welt.

"Wolfgang – Herbert – Marie!" Diesen Namen hatte sie, wenn es ein Junge wäre, ausgesucht. Etwas ungewöhnlich und vielleicht auch etwas zu lang.

Lena hatte schon am Abend vorher das Kreiskrankenhaus aufsuchen müssen. Bei der Geburt hatte sie kaum Schmerzen verspürt, das meinte sie jedenfalls. Ihr Bruder Reiner war bei ihr gewesen bis kurz vor der Niederkunft. Da hatte ihn die Schwester nach draußen gebeten. Nervös war er den langen Krankenhausflur hin und her gelaufen. Nun saß er im Zimmer bei seiner Schwester, hielt ihre Hand und weinte still vor sich hin. Es waren Tränen des Glücks, daß alles so gut abgelaufen war. Lena fühlte mit Reiner und dankte ihm durch zärtliches Streicheln über sein Haar. Nichts in der Welt würde diese Geschwister auseinanderbringen. Die Liebe hielt alle wie ein Band zusammen. Hauptsächlich ein Verdienst von Lena!

Manuela war schon kurz nach Ostern zu ihrer Patentante Gertrud nach Schwabing gegangen. Sie scheute das Gerede der Leute. Lena hatte sie zuerst nicht verstanden, doch sie nahm es Manuela nicht mehr übel. Weh tat es aber doch etwas!

Nun saß Reiner an ihrem Bett und betrachtete den kleinen Kerl wie ein Wunder aus einer anderen Welt. Er würde mit erhobenem Haupte durch Kochel gehen, er war sehr stolz auf seine Schwester Lena und das kleine Würmchen.

Lena war sehr, sehr glücklich. Dieses kleine Knäblein war ihr Fleisch und ihr Blut. Daß es nur zu einer Hälfte so war, war jetzt nicht wichtig. *"Von nun an werde ich, was auch immer geschieht, nie mehr allein sein!"* Nicht einmal in den Armen Wolfgangs war Lena so glücklich gewesen wie jetzt, da ihr Kind an ihrer Brust ruhte. Niemand konnte das verstehen, nur eine Mutter...

Oh, wie sehnsüchtig dachte Lena jetzt an die eigene tote Mutter! Ihre große echte Liebe hatte allen Kindern gehört. Vater, der ja auch bei diesem schrecklichen Unfall ums Leben kam, war da gleichgeartet gewesen. Auch er hatte all seine Liebe an die Kinder weitergegeben. Es war eine harmonische, glückliche Gemeinschaft, eine richtige Familie.

Lena liefen bei diesen Gedanken an damals ein paar Tränen über das Gesicht. So liebevoll und vielleicht noch ein bißchen mehr – so wollte sie ihr Kind großziehen, mit einer Nestwärme, die unabdingbar ist. Würde sie es jedoch allein und ohne den Kindsvater schaffen? Wieder füllten sich ihre schönen blauen Augen mit Tränen.

Vor ein paar Minuten hatte sich ihr Bruder Reiner von ihr verabschiedet mit dem Versprechen, bald wiederzukommen. Er wollte dann alle Geschwister mitbringen, sowie einen großen Strauß roter Rosen und frische Wäsche für die große Schwester.

Um Lena herum war es still geworden. Durch das offene Fenster der Krankenstube klang das fröhliche Singen und Zwitschern der Vögel. Lena lag in einem großen weißen Bett. Ihr Kind im Arm haltend, lauschte sie den Herzschlägen und Atemzügen des kleinen Erdenbürgers.

Es klopfte und Schwester Regina kam herein, um den kleinen Wolfgang-Herbert-Marie abzuholen. Lena gab ihn ihr nur ungern, doch als sie hörte, daß sie ihn morgen wiederbekommen sollte, schloß sie erleichtert die Augen und fiel in einen wohltuenden Schlaf.

Sie träumte einen guten Traum und sah immer ihr Kindchen vor sich. Das kleine Gesichtchen war umrahmt von fast schwarzem Haar. Die tiefen blauen Augen waren bereits schön und auch bestimmt klug. Und doch – in diesem Gesichtchen nahm sie etwas wahr, was sie sofort wiedererkannte. *"Wolfgangs Stirn und seinen*

Mund und das Kinn!" – Sein Kind..., sein kleiner Sohn! Und er wußte nichts davon, würde es nie erfahren...

Der Traum war auf einmal zu Ende, und als Lena erwachte, war es bereits heller Morgen. Ein neuer Tag war erwacht. Gleich würde es Frühstück geben, die Arztvisite war anhängig, und dann würde sie ihren Knaben, ihr Kind, wiederbekommen. Sie freute sich schon sehr darauf.

Wenige Minuten waren vergangen, da wurde auch schon das Frühstück hereingetragen. Dann wurde ihr Bett neu gemacht, die Blumen bekamen frisches Wasser, und dann hörte sie bereits ihr Kind auf dem Flur brüllen. Dieses Stimmchen würde sie aus hundert anderen Kinderstimmen sofort herauskennen.

Lena lachte über das ganze Gesicht, als ihr Schwester Regina den Knaben übergab. Mit einer geschickten Bewegung legte sie Lena das Kind an die Brust. Er suchte ein Weilchen, dann fand er den köstlichen Quell. In tiefen, gierigen Zügen trank es und hielt dabei die Augen geschlossen. Als es satt war, schlief es augenblicklich ein.

Lena sah auf das kleine Würmchen herab, dem sie das Leben geschenkt hatte. Sie war glücklich, restlos glücklich! Sie hatte das Gefühl, stark genug zu sein gegen alles Schwere, das außerhalb des Krankenhauses auf sie wartete. Sie liebte ihren kleinen Buben mehr als irgend etwas sonst auf der Welt. Der liebe Gott würde ihre Schritte und Worte da draußen schon überwachen...

Einer Mutter kann nur ein Leid widerfahren, und das wäre, ihr Kind zu verlieren. Alles andere, auch der tiefste Schmerz, ist nicht imstande, in ihrem tiefsten Inneren zu rühren. Lena hätte diese Erkenntnis nicht in Worte zu kleiden vermocht. Es ging auch gar nicht, sie fühlte sie! Das genügte.

Am Nachmittag kam Reiner mit dem Rest der Geschwister, mit verlegenen Gesichtern und großen Blumensträußen, die wunderbar dufteten, zur Tür herein. Reiner drückte sich etwas an der Wand entlang und wagte kaum, einen Blick auf den schlummernden Knaben zu werfen. Wenn man noch nicht ganz erwachsen ist, weiß man eben noch nichts mit Wickelkindern anzufangen... – Anders hingegen die kleinen Geschwister! Sie küßten zuerst ihre große Schwester und bestaunten dann das kleine Wunder.

"Es ist richtig goldig, richtig süß!" erklärte die immer noch etwas vorlaute Reni. *"Bin ich nun wirklich seine Tante, Lena?"*

"Seine richtige Tante!" Lena drückte ihr Gesicht in die Blumen, die man ihr alle auf das Bett gelegt hatte.

"Und Manuela?" fragte sie so leise, daß nur Reiner es hören konnte.

"Die...", er lief rot an. *"Hätten wir sie verständigen sollen?"*

Lena nickte etwas ernst. *"Sie ist doch unsere Schwester, Reiner!"*

"Eine schöne Schwester!" grollte er. *"In den letzten Tagen und Wochen hat sie sich erst einmal blicken lassen. Auch hat sie sich ganz schön verändert! Beim letzten Mal hat sie, glaube ich, so getan, als wenn sie mich gar nicht kennen würde. Sie hat einfach den Kopf weggedreht!"*

"Sie schämt sich", sagte Lena leise.

Der Kleine wurde allmählich wach und sah mit großen blauen Augen in die Runde.

"Wie heißt er?" wollte Fred wissen, der vom Alter her der Kleinste der Geschwister war.

"Wolfgang", antwortete Lena und lächelte ihren jüngsten Bruder an. *"Wolfgang-Herbert-Marie!"*

"Ein schöner Name!" Reiners Stimme klang belegt.

"Ja, ein wirklich schöner Name", bestätigte Lena.

Auf einmal war es sehr still in dem kleinen weißen Krankenzimmer, bis... Ja, bis Schwester Regina die Tür öffnete und einen sehr verlegenen, sichtlich bewegten Herbert Freihofer hereinschob. *"Noch ein Besuch für Sie, Fräulein Lena! Wenn das der Oberarzt sieht... Naja, von mir erfährt er es nicht!"*

"Herbert!" Rot geworden vor Freude setzte sich Lena im Bett auf. Dabei fiel einer der Blumensträuße zu Boden.

Herbert bückte sich danach. Er schien ganz froh über diese Ablenkung zu sein. Aber einmal mußte er ja wieder auftauchen. Etwas nervös zog er dann eine kleine Schachtel aus der Tasche und legte sie Lena in die Hand. *"Eigentlich wollte ich ja erst zur Taufe vorbeischauen"*, sagte er, *"aber dann..."* Etwas stockte ihm der Atem.

"Danke, Herbert! Tausend Dank!" Lenas Stimme zitterte leicht. *"Es ist ja so lieb von dir, so lieb, daß du gekommen bist! Ich freue mich richtig."*

Herbert konnte auf einmal seine Neugierde nicht mehr unterdrücken. Er mußte einfach in das Körbchen neben Lenas Bett gukken.

Lena lächelte ihm zu, mit feuchten Augen. Zu Herbert gewandt sagte sie dann: *"Es ist ein Junge, mein kleiner Sohn!"*

"Ein Junge?" Herbert machte große Augen. *"Das finde ich ja wunderbar!"* platzte er dann heraus. *"Ich mag viel lieber einen Jungen über die Taufe halten!"*

"Du willst wirklich?" Lena schluckte. *"Guter, lieber Herbert!"*

Ihr fiel ein großer Stein vom Herzen. Sie hätte im Augenblick nicht gewußt, wen sie bitten sollte, dieses Amt zu übernehmen.

Lange schaute Herbert Freihofer auf das Kind und konnte sich einfach nicht sattsehen an diesem rosigen kleinen Geschöpf. Hin und wieder strich er vorsichtig und behutsam über das schwarze Köpfchen.

"Ist er nicht hübsch!" fragte Reni ihn fast drängend.

Herbert bejahte dies mit mehr Aufrichtigkeit als Diplomatie.

Aber Lena war ihm darum nicht böse. *"Für mich ist es das schönste Kind unter der Sonne!"* sagte sie lächelnd. *"Ich habe mal, als ich noch sehr klein war, von einer entfernten Tante gehört, daß wir alle ein wenig rot und hutzelig ausgesehen haben, als wir zur Welt gekommen sind."*

"Dafür, daß er noch sehr neu ist, ist er ja schon wirklich recht niedlich", sagte Herbert ohne aufzuschauen. Dann fragte er, sich umsehend: *"Wo ist denn Manuela?"*

Lena wurde rot. *"Sie weiß es noch nicht"*, entgegnete sie zögernd.

Herbert fühlte, was sie sagen wollte, und brach deshalb dieses etwas leidige Thema ab. Reiner hatte ihm auch schon mit den Augen einen Wink gegeben. Deshalb fragte er nun in verändertem Ton: *"Willst du dir nicht mal mein Geschenk für den kleinen Wolfgang... ansehen?"*

Es war wirklich ein schöner blauer Strampelanzug mit zwei kleinen, winzigen braunen Schuhen. Aus einem der Schühchen glitt ein dünnes goldenes Kettchen mit einem goldenen Herzchen. Lena ließ es gerührt durch die Finger gleiten. *"Wie schön, Herbert! Wie lieb von dir!"*

Schwester Regina kam ins Zimmer und trieb mit freundlicher, jedoch bestimmter Stimme die Besucher hinaus: *"Genug für heute! Wir brauchen nun wieder Ruhe!"* sagte sie energisch. *"Morgen ist auch noch ein Tag!"*

Als endlich alle draußen waren, wandte sie sich lächelnd an Lena: *"Anfangs habe ich Mitleid mit Ihnen gehabt, aber jetzt beneide ich Sie fast. Wer so geliebt und verwöhnt wird..."*

"Nur von einem nicht", dachte Lena und schloß müde die Augen. *"Wo mag er jetzt sein? Ob er keinen einzigen Gedanken mehr für mich übrig hat? Wolfgang..., lieber Wolfgang!"* Aber da fiel ihr Blick auf das Kind – und alles war wieder gut.

Ja, solange Lena noch im Krankenhaus war, war alles gut. Im Sturm hatte sie die Herzen der Ärzte und Schwestern erobert. Alle wollten dieser jungen Mutter etwas Liebes tun. Die Tapferkeit, mit der Lena ihr Schicksal auf sich nahm, und ihre überströmende Liebe zu ihrem Kind nahmen alle für sie ein.

"Wer so eine gute Schwester ist, der ist auch eine gute Mutter!" sagte Schwester Regina, der Lena besonders ans Herz gewachsen war. *"Ihr solltet mal dabei sein, wenn ihre Brüder und ihre kleine Schwester zu Besuch kommen!"* meinte sie, zu ihren Kolleginnen gewandt. *"Sie ist zu ihnen wie eine Mutter, obwohl sie kaum ein paar Jahre älter ist als der älteste Junge. Es soll da noch eine Schwester geben, doch die habe ich noch nicht zu Gesicht bekommen."*

Dies war Lenas einziger Kummer in diesen Tagen nach der glücklichen Niederkunft. Sie hatte wohl geschrieben: glatte, nichtssagende Glückwünsche, wie man sie an flüchtige Bekannte richtet. Aber gekommen war Manuela nicht. Nur Tante Gertrud hatte ihr schriftlich angezeigt, bald mal vorbeizukommen, doch ihr Glückwunsch las sich mehr wie ein Vorwurf. Lena war darüber keineswegs froh.

Oft zerbrach sie sich den Kopf, was sie wohl bei Manuela falsch gemacht hatte, daß das junge Mädchen ihr fast feindlich gegenüberstand. Die Tatsache, daß sie ein uneheliches Kind bekommen hatte, war es allein nicht. Lena spürte das. – Was hatte sie versäumt? An Liebe hatte sie es ganz bestimmt nicht fehlen lassen. Höchstens an der Strenge, die Manuela möglicherweise gebraucht hätte. Mit Reiner, Reni und Fred hatte es nie ernstliche Konfliktsituationen gegeben. Aber Manuela war schon immer ein wenig eigenwillig und widerspenstig gewesen. *"Sie ist eine komische Gans!"* sagte Reiner wütend, sooft die Rede auf sie kam. Aber mit dieser Feststellung kam man auch nicht weiter.

Von diesen Gedanken abgesehen, war Lena in der Klinik sehr glücklich. Sie nährte das Kind, half der Schwester beim Baden und Wickeln, strickte eifrig und las viel in den Büchern über Kinderpflege, die Herbert angeschleppt brachte.

Von Tag zu Tag vertiefte sich ihr Mutterglück mehr. Sie konnte lange an Klein-Wolfgangs Körbchen sitzen und jede Regung des kleinen Geschöpfes beobachten. Wenn Klein-Wolfgang die großen blauen Augen aufschlug, war es Lena, als schaue sie mitten in den Himmel hinein.

Nur noch drei Tage, dann würde sie wieder heimfahren können. Dr. Kestler, der leitende Arzt hier, hatte ihr diese Nachricht nach vorangegangener Untersuchung mitgeteilt. – Und dann war es auch schon soweit. Schwester Regina gab Lena noch einen mütterlichen Kuß auf die Wange, als Lena sich von ihr verabschiedete. *"Machen Sie es gut, Fräulein Lena! Und wenn Sie Rat und Hilfe brauchen, dann wissen Sie ja, wo die gute alte Schwester Regina zu finden ist."*

Vor dem Krankenhaus wartete Herbert bereits mit dem Wagen. Die Geschwister waren noch in der Schule und hatten daher nicht mitkommen können. Lena lehnte sich mit einem tiefen Seufzer in die Polster zurück und drückte den kleinen Wolfgang zärtlich an ihr Herz. Sie freute sich auf daheim und strahlte Herbert glücklich an.

"Hoffentlich hält diese Freude an!" brummte Herbert.

Lena sah ihn erstaunt an. *"Wie meinst du das? Du sagst das so..."*

"Du wirst mich schon verstehen – leider!" Und er behielt recht.

Zwar, die Heimkehr verlief noch ungetrübt. Die Geschwister hatten das Haus so sauber und festlich wie nur möglich herausgeputzt. Überall standen Blumen. Ja, Fred hatte sich sogar bemüht, über der Haustür ein Willkommensschild anzubringen. In Lenas Zimmer stand ein funkelnagelneuer Kinderwagen. Aus ihrer Kommode hatte man einen rosa überspannten Wickeltisch gemacht. Lena staunte und freute sich.

"Herbert hat den Kinderwagen gestiftet, und den Wickeltisch hat Reiner ganz allein hergerichtet!" verkündete Reni stolz. *"Und ich habe für dich als Willkommensgruß einen großen Kuchen gebakken – und er ist auch nur ganz wenig angebrannt!"*

"Und ich habe tagtäglich das Geschirr abgewaschen und die Teppiche geklopft!" Fred wollte sein Licht nicht unter den Scheffel

stellen. Dann fiel er Lena so stürmisch um den Hals, daß er bei dieser Aktion fast Klein-Wolfgang erdrückt hätte.

"Ach, es ist ja so schön, daß du wieder da bist, kleine Mutti! Was kochst du uns denn heute?" Das Reindelsche Haus war erfüllt mit Lachen.

Ja, das Heimkommen war schön.

Aber schon in den nächsten Tagen ereignete sich manches, was das junge Mutterglück Lenas trübte. Zumeist waren es Kleinigkeiten. Aber sie summierten sich.

Als Lena das erste Mal mit Klein-Wolfgang im Kinderwagen einkaufen ging, verstummten in den Geschäften, die sie betrat, die Gespräche. Alle starrten sie an, als wenn sie von einem anderen Stern wäre.

"Guten Tag, Frau Lamprecht...! Guten Tag, Frau Fenten...! Grüß Gott, Frau Lüntbacher...!" Lena grüßte wirklich mehr als freundlich. *"Ich bekomme ein Kilo Bohnen, zwei Brote, drei Liter Milch, Butter, Marmelade und ein schönes großes Stück Speck!"*

Die Frauen wandten sich von ihr ab, so daß Lena plötzlich allein vor dem Ladentisch stand. Die etwas dickliche Frau Lamprecht murmelte einen Gruß, während die beiden anderen sich damit begnügten, spöttisch zu lächeln.

Lena war plötzlich sehr elend zumute. Und als Frau Fenten den Laden verließ und draußen neugierig in den Kinderwagen schaute, wäre sie am liebsten hinausgelaufen, um Klein-Wolfgang vor dem Blick dieser kalten Adleraugen zu schützen. Aber sie ließ sich nichts anmerken. Sie packte ihre Einkäufe stolz erhobenen Hauptes in den Korb, zahlte, grüßte nochmals kurz und ging hinaus. Sie spürte förmlich die Augenpaare, die sich in ihren Rücken fraßen, aber es gelang ihr, ein ganz unbefangenes Gesicht zu machen. Nichtsahnend schlummerte der kleine Bub unter seinen warmen Deckchen.

Dies war jedoch nur der Anfang... –

Als Lena sonntags zur Kirche ging, saß sie auf einmal allein in der Bank. Hinter vorgehaltener Hand wurde rings um sie getuschelt. Sie hörte eine empörte Stimme zischen: *"Daß die sich überhaupt hierher traut!"*

Reiner, der neben Lena saß, bekam einen roten Kopf. *"Diese Heuchler, diese...!"* Seiner Meinung nach waren sie es nicht wert,

Lena die Schuhriemen zu lösen. Am liebsten hätte er allen eine Tracht Prügel verabreicht.

Der Pfarrer richtete nach der Messe ein paar freundliche Worte an Lena. Sie spürte, daß er ihr damit helfen wollte, und war ihm dankbar dafür. Aber kaum hatte sich der Pfarrer verabschiedet, fing das Getuschel auch schon wieder an.

Nur wenige Bürger von Kochel erwiderten Lenas Gruß. Nach Meinung der Leute war sie sehr hochmütig. Es paßte niemandem, daß sie trotz vorangegangener Sünde mit erhobenem Haupte von dannen ging. Dieser Stolz schien den meisten Leuten unverzeihlich.

Es gab jedoch noch einige, die weiterhin treu zu Lena standen – Dr. Eilenhofer und zwei Schulfreundinnen: Wildrut Sommer und Traudel Weißkirch.

Auch die alte Frau Lechner, bei der Lena immer Wolle zum Stricken kaufte, nickte ihr freundlich zu und sagte so laut, daß alle Kunden im Laden es hören konnten: *"Guten Tag, Lena! Wie geht's denn dem kleinen Schatz, dem goldigen? Ein schönes Kind hast du ja, alles was recht ist! Darf ich dir von dieser Wolle geben, weiß mit grün, das wird ihm bestimmt gut stehen!"*

"Ich weiß nicht", erwiderte Lena mit dankbarem Lächeln. *"Die schwarzen Härchen fallen ihm schon aus. Ich glaube, er wird bald genauso blond sein wie die anderen."*

Als sie dann aus dem Laden kam und die abschüssige Straße hinunterblickte, dachte sie: *"Nächstens nehme ich den Kleinen lieber auf den Arm. – Wenn der Kinderwagen hier ins Rollen käme, nicht auszudenken!"* Doch dann vergaß sie den Gedanken wieder. Erst zu einem viel späteren Zeitpunkt sollte sie sich wieder daran erinnern.

Ja, die Leute von Kochel machten Lena das Leben wirklich nicht leicht.

Das Schlimmste tat ihr jene Tante Gertrud an, bei der Manuela Zuflucht gesucht und gefunden hatte. Diese Tante war eine Schwester von Lenas verstorbenem Vater. Sie hatte nicht geheiratet. Die Männer mußten sich vor ihrer spitzen Zunge gefürchtet haben.

Diese Tante besaß ein größeres Vermögen, von dem sie sorgenfrei leben konnte. Sie verschickte kleinere Geldsummen an Heidenkinder in Afrika und Lateinamerika, unterstützte Wohltätigkeitsorganisationen und hielt sich daher für die Hauptperson an christlicher Nächstenliebe. Vater Reindel hatte diese Schwester nie besonders gut leiden mögen. Aber da sie ihm versprochen hatte, Manuela, die ihr Liebling war, zur Universalerbin einzusetzen, war sie Patin geworden.

Diese Tante Gertrud war nun über den Fehltritt ihrer Nichte Lena so entrüstet gewesen, daß sie zunächst geschworen hatte, mit Lena kein Wort mehr zu sprechen. Der alte Pfarrer hatte ihr erst klarmachen müssen, daß dies nicht richtig sei und der Herrgott jeden Menschen gleich lieb hätte.

"Schön, schön", hatte die Tante gemeint, *"ich will ihr vergeben. Aber die Schande! Die Schande, die sie über unseren guten Namen gebracht hat! Man wagt ja kaum, von München nach hier zu fahren!"* – Im Dorf begegnete man ihr mit komischen Blicken. Darüber mehr als verärgert sagte sie zu sich selbst: *"Dabei bin ich doch schließlich Vorsitzende des 'Vereins christlicher Jungfrauen' von Bayern und habe seit 64 Jahren einen einwandfreien Ruf!"*

"Richtet nicht, auf daß ihr nicht gerichtet werdet!" entgegnete der Pfarrer ruhig, der ihre Worte zum Teil mitbekommen hatte. *"Und jetzt entschuldigen Sie mich bitte, Fräulein Reindel, ich muß noch hinter das Haus in den Garten, sonst lassen mir die Drosseln keine einzige Kirsche am Baum."* Damit hatte sich der alte Pfarrer eiligen Schrittes entfernt.

Von diesem Gespräch wußte Lena natürlich nichts. Auch nichts von den Plänen, die die Tante heimlich schmiedete, um ihren guten Namen von der Schande reinzuwaschen. – Dieses Kind war ein Ärgernis. Und je eher man sich dieses Ärgernisses entledigte, um so besser!

Was wußte dieses alte Fräulein von Mutterglück und Mutterliebe? Sie war so vertrocknet wie eine alte Wurzel, deren Fruchtkeim tot war. Das bißchen an Liebe, das in ihrem verhärteten Herzen wohnte, gehörte Manuela. Lena war ihr schon immer zu selbständig, zu modern gewesen. Daß Lena mit viel Liebe und Geduld ihre Geschwister allein großgezogen hatte, daran dachte diese Tante nicht. Wie konnte sie aber auch! Sie hatte nie das beglückende, wohltuende Mutterglück gehabt. Keiner hatte sie haben wollen. Solche Frauen bekommen manchmal komische Gedanken.

Und dann geschah etwas!

* * *

Eines Tages, als Lena gerade im Garten Windeln zum Trocknen aufhing und Klein-Wolfgang friedlich im Schatten der Obstbäume schlummerte, wurde das Gartentürchen aufgedrückt und das Ehepaar Rubenholzer trat herein.

Den Rubenholzers gehörte unter anderem das große Sägewerk, das am Westberg lag. Sie waren recht reiche Leute und bildeten sich sehr viel darauf ein. Ihre Ehe war kinderlos geblieben, trotz der Konsultationen bei Fachärzten in München und Norddeutschland. Frau Rubenholzer war alles andere als eine schöne Frau. Doch sie hatte statt dessen eine ansehnliche Mitgift mit in die Ehe gebracht.

Lena war über diesen nicht erwarteten Besuch eher erstaunt als erfreut. Sie trocknete sich schnell die Hände ab, warf noch einen Blick auf das schlafende Kind und ging dann den Rubenholzers entgegen.

"Grüß Gott, Lena!" sagte Frau Rubenholzer in süßklingendem Tonfall. *"Wie geht es so? Wir haben uns gedacht, daß wir mal bei dir armem Mädchen vorbeisehen, und da sind wir also nun! Es gehört und schickt sich ja schließlich, daß man sich um die Gestrauchelten kümmert. Nicht wahr, Lena, das ist doch Christenpflicht!"*

Sofort wußte Lena, woher der Wind wehte. *"Hat Sie die Tante zu mir geschickt?"* fragte sie und richtete sich merklich höher auf. *"Richten Sie ihr bitte aus, daß ich mich nicht armselig und gestrauchelt fühle, sondern im Gegenteil sehr wohl und glücklich."* –

Das Letztere stimmte ja nicht ganz. Freilich, glücklich war Lena als Mutter, doch sooft sie an Wolfgang dachte, krampfte sich ihr Herz zusammen. Das stille Weh der ersten Zeit war einer stillen Traurigkeit gewichen. Aber vergessen..., nein, vergessen war Wolfgang nicht. Zu groß war ihre damalige Leidenschaft und Liebe gewesen. Dieses kurze Glück ihrer Liebe würde sie niemals vergessen...! Aber das brauchte keiner zu wissen, kein Mensch...!

Frau Rubenholzer fragte nun nach dem Kind, und Lena wies widerstrebend auf das Körbchen. *"Dort..., unter den Obstbäumen. Gehen Sie bitte lieber nicht hin, es schläft!"*

"Es ist doch gesund?" fragte Frau Rubenholzer fast streng.

"Sie brauchen es ja nur anzusehen", erwiderte Lena, die den Zweck des Besuches immer mehr erkannte.

Bewundernd betrachteten beide den schlummernden Knaben.

"Ein schöner Bub!" sagte der Sägewerksbesitzer und blinzelte seiner Frau zu. *"Fräulein Reindel hat uns so schön gebeten..., und man hat ja auch ein Herz für so einen kleinen vaterlosen Buben...!"*

Lenas Augen blitzten auf einmal wie Stahl. *"Darf ich nun endlich erfahren, warum Sie hergekommen sind?"* Voller Wildheit hatte sie diese Worte von sich gegeben.

"Naja, doch wegen dem Kleinen", antwortete Frau Rubenholzer. *"Wir würden ihn halt in Gottes Namen an Kindes statt annehmen! Schon wegen dem Geschäft – und... und weil wir keine Kinder haben!"*

"Was reden Sie da!" Lena war totenblaß geworden. Ihr ganzer Körper bebte. *"Mein Kind wollen Sie haben? Meinen Jungen soll ich Ihnen geben?"*

"Paßt dir vielleicht etwas nicht?" fauchte die Rubenholzerin zurück. *"Du bist mir ja eine Stolze, du! Aber du wirst mir den Knaben auch noch billiger geben! Auf Knien solltest du uns dafür danken, daß wir deinem Kind einen guten und ehrlichen Namen geben wollen!"*

"Hinaus!" Lenas Stimme war unheimlich leise und ruhig. Ihre schönen blauen Augen waren die einer Löwin geworden. *"Verlassen Sie sofort diesen Grund und Boden und wagen Sie es nie wieder, mich oder meine Geschwister zu behelligen!"*

Frau Rubenholzer lief puterrot an und rang sichtlich nach Luft.

"Was?" schnaufte sie. *"Das nimmst du sofort zurück, du eingebildetes, freches Ding! Da will man etwas Gutes tun und muß sich auch noch Frechheiten gefallen lassen! Na, ich muß schon sagen..."*

"Laß sie!" knurrte ihr Mann, der vielleicht ganz froh war, daß ihm der Familienzuwachs erspart blieb. *"Laß sie ihre Suppe allein auslöffeln! Sie wird schon sehen, wie weit sie damit kommt."*

"Alle werden es von mir erfahren", kreischte Frau Rubenholzer, ehe sie das Gartentürchen hinter ihrem Mann zuzog. *"Dafür werde ich schon sorgen!"*

Lena wandte sich ab. Ihr Herz hämmerte und aus ihren blauen Augen stürzten viele heiße Tränen. Sie warf sich neben Klein-Wolfgangs Körbchen in die Wiese und barg ihr Gesicht in den Händen. – *"Dich hergeben? Lieber will ich sterben!"* flüsterte sie. *"Daß die Menschen so böse sein können..., so furchtbar böse."*

Das Kind hatte die Augen geöffnet und krähte nichtsahnend vergnügt vor sich hin.

* * *

"Ja, mein lieber Herr Berger", der Facharzt schob seine goldfarbene Brille vom Gesicht und sah ihn eindringlich an, *"ich muß Ihnen sagen, daß ich mit Ihnen gar nicht zufrieden bin! Diese Schlaflosigkeit, derentwegen Sie mich aufgesucht haben, ist nur ein Symptom. Ich könnte Ihnen ein Schlafmittel verschreiben, doch ich würde Ihnen damit keinen Gefallen tun. Man muß das Übel an der Wurzel packen!"*

"Das Übel?" Wolfgang lachte nervös, während er sein Hemd schnell wieder zuknöpfte. *"Ja, aber welches Übel? Ich bin mein ganzes bisheriges Leben noch nie ernstlich krank gewesen!"*

"Einmal fängt jeder mal damit an!" bemerkte Dr. Streblau trocken. *"Kommen Sie, gehen wir ein bißchen nach nebenan in meine private Behausung, da riecht es nicht so nach Arzt und so. Erzählen Sie mir, was eigentlich mit Ihnen los ist! Sie sind noch zu jung für meinen Befund, den ich an Ihnen konstatieren mußte."*

Wolfgang folgte ihm in das anschließende Privatzimmer, das mit diskreter Eleganz ausgestattet war. Seine Gesichtspartie war etwas eingefallen und hier und da zeigte sich bereits graues Schläfenhaar. Er bereute bereits, daß er den Facharzt aufgesucht hatte. Die Schlaflosigkeit, die ihn seit Wochen quälte, wäre vielleicht auch so vorbeigegangen. Von diesem Arzt wollte er nur ein stark und rasch wirkendes Schlafmittel verschrieben haben und sonst nichts. Und nun mußte er sich von Dr. Streblau ausfragen lassen.

Er schlug die Beine übereinander und zündete sich eine Zigarette an. *"So, Herr Doktor, was wollen Sie wissen?"*

"Nichts! Ich weiß ohnehin bereits alles. Sie wissen wohl nicht, daß man mit der Gesundheit keinen Raubbau treiben sollte." Der Arzt deutete dabei auf die Zigarette, die Wolfgang nervös zwischen den Fingern drehte. *"Wieviel von der Sorte konsumieren Sie täglich?"*

"Das weiß ich nicht so genau. Manchmal zwanzig, manchmal aber auch dreißig oder noch mehr."

"Dazu jeden Morgen mehrere Tassen starken Kaffee, um auf Touren zu kommen, und abends dann einige Gläser Wein oder

Whisky, um müde zu werden, stimmt's?" entgegnete der Arzt.
"Auch verbringen Sie Ihre Abende oft in verrauchten Lokalen, statt an der frischen Luft. Wenn Sie dann im Bett liegen, schlägt Ihr Herz wie ein Schmiedehammer und läßt Sie nicht einschlafen."
Wolfgang war geneigt, den Arzt für einen Hellseher zu halten.
"Es stimmt so ungefähr", entgegnete Wolfgang etwas gereizt.
"Aber so ist nun mal mein Leben. Der diplomatische Dienst mit seinen unumgänglichen, notwendigen gesellschaftlichen Verpflichtungen ist nun einmal nicht sehr nervenschonend. Ich kann nicht auf einmal den Gesundheitsapostel spielen, der auf Parties Mineralwasser trinkt, mit den Hühnern schlafen geht und allmorgendlich seinen Waldlauf absolviert!"
"Sie belieben zu übertreiben", bemerkte der Arzt in seiner angeborenen ruhigen Art. *"Wann haben Sie eigentlich zuletzt Urlaub gemacht?"*
"Vor einem Jahr – eigentlich ist es schon fast 14 Monate her." Wolfgangs Stimme klang belegt. Plötzlich und ungerufen stand wieder Lenas Bild vor seinem geistigen Auge. Er mußte sich gewaltsam zwingen, an etwas anderes zu denken.
"Es ist fast 14 Monate her", erwiderte er. *"Wollen Sie mich etwa auf Urlaub schicken? Ich wollte im Dezember oder Januar zum Skilaufen in die Schweiz."*
"Sie werden nicht in die Schweiz fahren! Jedenfalls nicht, wenn Sie auf mich hören. Was Sie brauchen ist Ruhe und gute Luft! Sie müssen irgendwohin gehen, wo so gut wie nichts los ist, so daß Sie gar nicht erst in Versuchung geraten, die Nacht zum Tag zu machen. Ich verordne Ihnen ein Dorf in Österreich, im Schwarzwald oder im Allgäu!"
Natürlich dachte Wolfgang nicht im entferntesten daran, die Ratschläge des Facharztes zu befolgen. Später bat er Birgit, ihm ein Schlafmittel zu verabreichen, und war in wenigen Minuten im Land der Träume.
Am nächsten Morgen fühlte er sich elender denn je, wurde von Tag zu Tag nervöser und gereizter und versank schließlich in einer anhaltenden Depression. In diesem Zustand tauchte immer wieder Lenas Bild auf, erst unklar und verschwommen, doch von Mal zu Mal immer intensiver und farbiger.
Wolfgang wußte nicht, was er machen sollte. Sollte er doch den Rat des Arztes befolgen und Urlaub machen? Irgendwie wollte er

schon... Ja, er brauchte frische Luft und Ruhe, Ruhe und nochmals Ruhe.

Zwei Tage später wurde ihm in der Botschaft schwarz vor Augen und er mußte sich krampfhaft an einem Möbelstück festhalten. Eine leichte Ohnmacht nahm von ihm Besitz. Plötzlich wurde ihm klar, daß er etwas für seine Gesundheit tun mußte, wenn seine Karriere nicht in Frage gestellt werden sollte.

Birgit redete ihm ein, daß jetzt Füssen genau das richtige für ihn sei. Und dann ein Abstecher nach Innsbruck, Wien und Salzburg. Sie hatte schon immer davon geträumt, wenigstens einmal im Leben in Wien Aufsehen zu erregen. Mit den neuen Kleidern würde ihr dies zweifellos gelingen.

"Also zuerst Füssen, mein Schatz! Ja, wir haben uns ein hübsches Programm aufgestellt! Nicht besonders erholsam, aber abwechslungsreich!" Birgit streichelte ihm leicht die Wange. *"Dieser Doktor ist ein Dummkopf, mein Schatz! Was heißt überhaupt ausspannen? Das einzige, was du brauchst, ist Ablenkung und Unterhaltung. In ein paar Tagen bist du wieder ganz der Alte! Erinnerst du dich noch an unseren Winter in Afrika?"* Ihre Stimme klang ein wenig dunkel verhangen.

Ja, Wolfgang erinnerte sich, aber diese Erinnerung verursachte ihm kein Herzklopfen. Damals war seine Leidenschaft für Birgit auf dem Höhepunkt angelangt gewesen. Heute war sie, er wußte es nur zu genau, nur noch ein Häuflein Asche, aus dem gelegentlich ein Funke aufglomm. Aus..., vorbei...! – Ob sie wußte, daß es vorbei war? Sicher! Birgit war viel zu klug, um sich etwas vorzumachen. In ihrem Spiel war er eine Karte, mehr nicht. Und schon längst nicht mehr der Herzkönig...

Als sie sich dann getrennt hatten, fuhr er im Schrittempo zu seiner Wohnung. Er hatte keine Lust, noch in den Klub zu gehen und sich immer die gleichen Gespräche anzuhören. Er war müde..., einfach hundemüde... Vielleicht würde er heute einmal schlafen können.

Doch der Schlaf wollte auch diesmal nicht über ihn kommen. Hellwach lag er im Bett und war von einer peinigenden Unruhe erfüllt. Er drehte sich von einer Seite auf die andere. Sein Herz klopfte wie rasend und an seiner Schläfe bohrte ein dünner Schmerz.

Nach einer Weile hielt er es nicht mehr aus. Er knipste die Beleuchtung an, stand auf und warf seinen seidenen Hausmantel über. Dann trat er einen Augenblick ans Fenster und sah auf die spätherbstliche Straße hinunter. November..., ein mieser Monat! Die Straßenlaternen brannten zwar, doch ihr Licht drang nur flüchtig durch den immer dichter werdenden Nebel. Es sah alles draußen sehr traurig aus.

"Woher kommt es nur, daß der Herbst einen Menschen in der Großstadt so melancholisch stimmt und auf dem Lande nicht?" ging es Wolfgang durch den Kopf. Gewaltsam riß er sich von dem Anblick los. Es war nicht gut, einfach dazustehen und sich immer tiefer in die Depression zu verlieren.

Er wandte sich von seinem Fensterplatz ab und wollte etwas lesen, irgend etwas, um auf andere Gedanken zu kommen. In der Bibliothek, einem großen freundlichen Raum, setzte er sich in einen der tiefen schwarzen Sessel und griff wahllos ein Buch aus dem Regal. Er hatte jedoch damit keinen glücklichen Griff getan. Als er es aufschlug und darin blätterte, las er: *"Leb wohl, mein Schatz, wir müssen scheiden. Leb wohl, auf Nimmerwiedersehn. Wir fühlen es, so ist das eben, so laß uns auseinandergehn!"* – Rasch schlug er den Band Gedichte wieder zu und legte das Buch an seinen Platz zurück. Es war ihm, als wenn er sich die Finger verbrannt hätte. Wie war dieser Gedichtband nur hierher geraten? Er konnte sich beim besten Willen nicht darauf besinnen.

Fast 15 Monate... – Wie mochte es ihr in der Zwischenzeit ergangen sein? Ob sie seinen Vertrauensbruch schon verschmerzt hatte? Ach, sicher! Es war ja auch schon lange Zeit vergangen! Bestimmt hatte sie den jungen Mann geheiratet, der so verliebt in sie gewesen war, und war jetzt die strahlende Chefin des Hotels.

Es war bestimmt ganz überflüssig, daß er sich Gedanken um sie machte. Dieses Grübeln war bestimmt das Resultat, daß er sich gesundheitlich nicht auf der Höhe befand. Wenn er erst mal wieder ganz gesund sein würde, würde sich das bestimmt verlieren. Es war eine kleine Nervensache, sonst nichts.

Mechanisch griff er nach einer Zigarette. Er rauchte jetzt immer häufiger diese starken französischen Zigaretten. Natürlich bekamen sie ihm nicht, aber das tat er mit einem Achselzucken ab.

Birgit wollte also unbedingt nach Füssen und dann weiter. Diesen Gefallen konnte er ihr ja tun. Ihm war es ziemlich egal, wohin er fuhr.

Seine Spannkraft hatte ihn vollständig verlassen. Er war müde – von innen heraus müde. Ausgepumpt wie ein Mensch am Ende seines Lebens. Sein sonst so großer Ehrgeiz war fast ganz erloschen.

Er wünschte sich eigentlich nichts anderes mehr, als in Ruhe gelassen zu werden...

* * *

Allmählich nahm Lenas Leben wieder die alten Formen an.

Die Kränkung, die ihr von Tante Gertrud und den Rubenholzers widerfahren war, hatte sie verwunden. Daß Manuela noch immer fernblieb, war schlimmer und tat ihr nach wie vor weh. Aber wenn sie ihr Kind ansah, ihren kleinen Buben, löste sich alles Schwere und Schmerzhafte in ein tiefes Glücksgefühl auf. Es war das tiefe unbeschreibliche Gefühl einer Mutter.

Klein-Wolfgang gedieh prächtig. Mit seinen acht Monaten saß er bereits im Kinderwagen und war ein stattlicher Junge geworden. Der Kleine war ein wirklich ungewöhnlich braves Kind. Er konnte sich stundenlang mit sich selbst beschäftigen und lachte dabei über das ganze Gesichtchen.

Klein-Wolfgang war aber nicht nur ungewöhnlich artig, sondern auch ungewöhnlich hübsch. Nur der Anblick ließ viele Frauen in Kochel vor Neid erblassen. Das glatte schwarze Haar war ihm nun gänzlich ausgefallen und hatte wundervollen blonden Löckchen Platz gemacht. Mit seinen leuchtend blauen Augen glich er einem Engel. Einige Frauen, die Lena gewogen waren, trotz ihres Fehltrittes, blieben minutenlang bei dem Kinderwagen stehen und freuten sich herzlich über Klein-Wolfgangs Gedeihen. Er war eben unwiderstehlich. Auch die Geschwister Lenas hatten den Kleinen von Tag zu Tag mehr lieb und zankten um die Ehre, den Kinderwagen schieben zu dürfen.

Wenn der Knabe seine Mutti sah, sagte er schon häufig und fast richtig verständlich: *"Mmma!"* Lena strahlte dann vor Glück.

"Er ist ein richtiges Wunderkind!" stellte Reiner mit Stolz fest. *"Er kann schon 'Mmma' sagen!"*

Lena selbst wurde nicht müde, sich mit ihrem kleinen Sohn zu beschäftigen, mit ihm zu spielen, ihn zu baden, ihn zu füttern und Kleidungsstücke zu nähen, zu häkeln und zu stricken.

Auch der alte Landarzt Dr. Eilenhofer hatte seine helle Freude an dem Jungen. Er war richtig vernarrt in den Kleinen. Wenn er die tapferen Gehversuche Klein-Wolfgangs im Laufstall beobachtete, dachte er: *"Wenn der Ausdruck 'Kind der Liebe' je auf ein kleines*

Geschöpf gepaßt hat, dann auf dieses! Es ist das schönste, kräftigste und klügste Kind, das ich in meiner langen Arztzeit je sah."

Lena duldete außer den Geschwistern nur einen Menschen bei dem Kleinen, und das war Herbert Freihofer. Auch er kümmerte sich rührend um den kleinen Kerl. Es war schon ein drolliger Anblick, wie der große junge Mann aufmerksam den Wünschen des Knaben nachkam. Das Kind hatte richtige Zuneigung zu Herbert gefaßt.

"Er weiß schon jetzt ganz genau, was er will!" sagte Herbert stolz. *"Schau nur, wie er die Ärmchen ausstreckt und wie seine Augen strahlen, wenn ich hereinkomme!"*

Tatsächlich war der kleine Wolfgang ein freundliches und zutrauliches Kind. Er fürchtete sich vor nichts und niemandem. Wenn Reiner ihn bis zur Decke hochhielt, jauchzte er, und als er einmal beim Baden mit dem Köpfchen unter Wasser geriet, prustete er zwar ein wenig, lachte dann aber sofort wieder, als wenn nichts geschehen wäre.

In den letzten Tagen im November begann es zu schneien. Überall jubelten die Kinder dem Schnee entgegen. Auch die kleineren Geschwister Lenas holten bereits ihre Schlitten von der Dachkammer und rannten davon, ohne auch nur ihre Schulaufgaben gemacht zu haben.

Lena ließ sie laufen. Sie nahm Klein-Wolfgang mit vor die Haustür und freute sich an dem Kind, das lachend in das Schneegestöber schaute. Mit seinen kleinen Händchen griff er nach den tanzenden Flocken. Er konnte gar nicht genug von dem tanzenden Weiß bekommen. Immer von neuem versuchte er, etwas von dem Schnee zu erhaschen.

Herbert bog gerade um die Ecke und steuerte leichten Schrittes auf das Reindelsche Haus zu. Lena hatte ihn sofort erkannt, obwohl er wie ein Schneemann aussah. Er murmelte einen Gruß, dann ging er hinter Lena und dem Kleinen in die behagliche warme Wohnstube.

"Ich mache dir erst einmal einen heißen Tee!" Lena zog dem Kleinen sein gestricktes Mäntelchen aus und gab ihn für ein paar Minuten in die Obhut Herberts. *"Übrigens habe ich heute gebacken! Wenn du Lust hast, kannst du nachher zum Kaffee mein Spritzgebäck kosten!"*

Er folgte ihr, den vergnügt zappelnden Knaben auf dem Arm, in die Küche. Dort setzte er sich und gab dem Kind einen Plastikring zum Spielen. Der Junge war davon entzückt und vergnügte sich damit, ihn auf der Tischplatte hin und her zu rollen.

Lena warf dem Freund einen forschenden Blick zu. Sie kannte ihn gut genug, um zu spüren, daß er irgend etwas mit sich herumtrug. Doch sie wollte nicht in ihn dringen. Er würde von selbst reden, wenn er dazu das Bedürfnis hatte.

Sie bereitete den Kaffee und holte das Gebäck aus ihrem Versteck hervor, wo es eigentlich bis Weihnachten hätte geborgen bleiben sollen. Auch Klein-Wolfgang bekam etwas ab, wofür er sich mit seinen lachenden blauen Augen bedankte.

Lena stellte Tasse und Teller vor Herbert hin. *"Greif zu, laß es dir schmecken! Ich glaube, das Gebäck ist mir heute recht gut gelungen."*

Herbert hielt unschlüssig die Kaffeetasse in der Hand. Dann setzte er sie, wie mit plötzlichem Entschluß, wieder ab und wandte sich an Lena: *"Lena, liebe Lena – ich muß dir etwas sagen! Hoffentlich bist du nicht bös darüber, daß ich schon wieder... Aber mir bleibt keine andere Wahl!"*

Lena zwang sich zu einem Lächeln. *"Das klingt ja ganz geheimnisvoll, Herbert! Was ist denn los? Ich verspreche dir, nicht ungehalten zu reagieren."*

"Kannst du es dir nicht denken?" murmelte er.

Lena schien plötzlich steif zu werden.

Er merkte es und lächelte bitter. *"Siehst du...! Die bloße Andeutung irritiert dich schon! Aber was soll ich machen? Ich muß heiraten, und was ist naheliegender, als daß ich dich, und nur dich heiraten möchte!"*

"Warum mußt du denn heiraten, Herbert?"

"Du weißt doch, daß mein Vater schon seit längerer Zeit krank ist. Dr. Eilenhofer hat ihm geraten, sich baldigst operieren zu lassen. Es ist etwas mit dem Magen und der Gallenblase. Jedenfalls will Vater sich im neuen Jahr vom Geschäft zurückziehen. Ich soll das Hotel übernehmen. Dazu gehört aber auch eine Frau! Ein Hotel ohne Chefin ist kaum vorstellbar." Herbert sah Lena mit einem merkwürdigen Blick an. *"Und es wäre bestimmt auch für den Jungen das beste. Oder zweifelst du immer noch an meiner Zuneigung für das Kind? Ich würde ihn adoptieren und ihm ein guter*

Vater sein. Und du..., glaubst du nicht, daß es mit uns zweien gut klappen würde?"

Lena sah vor sich nieder. *"Bestimmt, Herbert!"*

"Und?"

"Ich kann nicht."

"Lena..., aber...!"

"Sei still!" bat sie und sah ihn bittend an. *"Ich weiß, du wirst es nicht verstehen können, doch ich verstehe es ja selber nicht. Wenn – wenn er jetzt käme und mich zu seiner Frau machen wollte, würde ich nein sagen. Was er mir angetan hat, das kann man nicht vergessen. Und doch, ob es Liebe oder Haß ist, was ich für ihn empfinde, ich weiß es nicht. Nur daß ich ihn nicht vergessen kann – und daß es unrecht wäre, mich mit einem anderen Mann zu verheiraten."*

Herbert schüttelte den Kopf. *"Glaubst du etwa allen Ernstes, du seiest ihm verpflichtet und müßtest ihm daher die Treue halten? Verzeih, Lena, aber das...!"*

"So meine ich es nicht! Natürlich bin ich zu nichts verpflichtet. Aber als – als ich mich ihm schenkte, war es mir so heilig ernst damit, als ob ich mich vor Gott und den Menschen mit ihm verbunden hätte. Das habe ich noch in mir, in meinem Blut, und wenn ich mir Klein-Wolfgang ansehe, fühle ich es so stark, daß... Du meinst es ja herzensgut, Herbert! Wie einfach wäre alles, wenn ich..."

"Ich verstehe dich!" Herbert sah ernst, aber, wie Lena erleichtert feststellte, nicht eigentlich verzweifelt aus. Wahrscheinlich hatte er auch gar keine andere Antwort erwartet.

Ehe beide noch etwas sagen konnten, klingelte es draußen an der Haustür, und Lena ging schnell hinaus, um zu öffnen.

"Manuela!" stieß sie überrascht hervor, als sie die Schwester draußen stehen sah. – Diese bekam einen knallroten Kopf. Sie war noch etwas gewachsen, sah viel reifer aus, als ihr Alter es rechtfertigte. *"Eine erwachsene Frau!"* schoß es Lena durch den Kopf. *"Und wie hübsch sie geworden ist!"*

"Komm ich ungelegen?" fragte Manuela etwas ungeschickt.

"Unsinn!" Lena zog sie mit sich ins Haus. *"Herbert ist da, sonst niemand."*

"Herbert?" Manuela wurde wieder rot und zog sich wieder zur Tür zurück. *"Dann werde ich doch lieber..."*

Innerhalb weniger Sekunden ging Lena, wie man so schön zu sagen pflegt, ein Licht auf. Manuelas Trotz, ihre fast feindselige Haltung der älteren Schwester gegenüber, ihre Flucht aus dem Elternhaus – ganz plötzlich sah Lena dies alles mit ganz anderen Augen. Daß sie es nicht früher bemerkt hatte! Natürlich, so war es: Manuela liebte Herbert! Sie war einfach unglücklich, die arme Kleine... und brennend eifersüchtig. Lena brauchte eine Weile, bis sie diese Erkenntnis verarbeitet hatte.

"Du wirst doch nicht weglaufen", sagte sie endlich mit belegter Stimme. *"Trink eine Tasse Kaffee mit uns! Herbert wird sich bestimmt freuen. Er hat so oft nach dir gefragt."*

"Wirklich?" Manuela erglühte wieder bis zum Haaransatz. *"Ich weiß nicht – ich wollte nur..."*

Lena öffnete die Küchentür und schob die Schwester hindurch.

Herbert, der Klein-Wolfgang auf dem Schoß sitzen hatte, erhob sich, das Kind auf den Arm nehmend, und sah die Eintretende groß an. *"Donnerwetter, ein seltener Gast! Bist du aber hübsch geworden!"* stieß er überrascht hervor.

"Mach sie mir nicht zu eitel, Herbert!" Lena hatte diese Worte mit einem leichten scherzhaften Ton von sich gegeben. *"Gib mir mal den Jungen – so! – Nun begrüß mal schön die Tante, mein Herzchen!"*

Das Kind streckte lachend seine Händchen nach Manuela aus. *"Tata – tata"*, plapperte es.

Manuela überkam eine tiefe innere Rührung. Sie biß die Zähne in die Unterlippe. Ihre Augen standen plötzlich voller Tränen. Sie beugte sich über den Kleinen und küßte sanft seine Wange.

Auch Lena kämpfte mit Tränen, die sie doch nicht zeigen wollte.

Sollte das junge Mädchen nun wirklich heimgefunden haben? Oder würde Manuelas unglückliche erste Liebe immer trennend zwischen ihnen stehen?

"Gib mir mal bitte den Kleinen!" sagte Manuela stockend. Sie nahm Klein-Wolfgang in die Arme und streichelte mit zittrigen Fingern über seine blonden Locken, die ihm in sein süßes Kindergesicht fielen.

"Bist du noch böse auf mich?" fragte sie Lena sehr leise.

Diese legte nun wie auf ein geheimes Kommando den Arm um Manuelas Schultern. *"Ich war nie böse auf dich! Nur – ja, nur ein wenig traurig. Aber das ist jetzt vorbei. Du bist ja wiedergekommen!"*

"Ja, weil..." Manuela schluckte. *"Ich habe der Tante gesagt, daß ich bei euch den Heiligen Abend verbringen möchte. Da ist sie richtig zornig geworden und hat gesagt, daß sie mir das mit aller Entschiedenheit verbietet! Ein anständiges Mädchen müsse sich von – von "so einer" fernhalten, auch wenn es die eigene Schwester wäre."*

"Dieses falsche Luder!" rief Herbert, der bis jetzt geschwiegen hatte, empört. *"Diese alte Giftspritze! Du bist ihr hoffentlich die richtige Antwort nicht schuldig geblieben?"*

Manuela neigte sich tiefer über Klein-Wolfgangs blondes Köpfchen. *"Ich habe ihr zu verstehen gegeben, daß ich trotzdem gehe. Und sie..., Kurz und gut: Ohne noch ein Wort zu sagen, habe ich dann meine Koffer gepackt und bin gefahren."*

Auf Lenas Gesicht wetterleuchtete es. Sie wußte nicht recht, ob sie sich über Manuelas Entschluß freuen oder ihn bedauern sollte. *"Hast du auch alles gut überlegt?"* brachte sie endlich hervor. *"Die Tante ist recht vermögend! Vielleicht wird es dir noch einmal leid tun, daß du wegen mir die anstehende Erbschaft ausgeschlagen hast."*

Herbert war tief beeindruckt und streckte freudig Manuela seine Hand hin. *"So gefällst du mir, das war sehr gut von dir! Du bist eben doch ein feiner Kerl!"*

Manuela errötete zutiefst und alles Blut strömte zum Herzen. Sie wagte nicht, den Blick zu Herbert aufzuschlagen. *"Ich..., ich war sehr dumm"*, stammelte sie. *Es tut mir so aufrichtig leid, daß ich dir Kummer bereitet habe, Lena! In Wirklichkeit ist es mir gar nicht um den Buben gegangen, sondern..."* Sie stockte.

Rasch eilte Lena ihr zu Hilfe, indem sie das Kind ergriff und hinaustrug. *"Der Kleine muß jetzt zu Bett"*, sagte sie hastig. *"Wir sprechen uns später über alles aus, Manuela! Ich bin ja so froh und glücklich, daß du wieder daheim bist!"* Sie nickte der Schwester noch einmal kurz zu und schloß dann die Tür hinter sich und dem Jungen.

* * *

Über der Winterlandschaft hing der Nebel wie ein silbergrauer Schleier. Märchenhaft, ja richtig unwirklich sah alles aus. Kein Laut ringsum, keine Farbe außer dem Grau des Nebels, dem Weiß des Schnees und dem dunklen Schemenhaften der kahlen Bäume.

Wolfgang saß am Steuer seines schnittigen Sportwagens. Aus dem Radio klang leise Musik, und Birgit, die sich im Fond ausgestreckt hatte, summte den Text der sentimentalen Schlagermelodie. Sie waren in Füssen gewesen und wollten nun nach Innsbruck oder nach Salzburg. Richtig festgelegt hatten sie sich noch nicht.

Wolfgang ärgerte sich darüber, daß er den Wagen genommen hatte, statt sich der Eisenbahn zu bedienen. Sonst war er immer gern gefahren, doch heute strengte ihn das Autofahren über alle Maßen an. Die Hände um das Lenkrad gekrampft, starr geradeaus blickend, fuhr er durch die unwirkliche Landschaft, die ihm dennoch irgendwie bekannt vorkam... So wie es einem mitunter im Traum passiert, daß man ein Haus, eine Straße oder eine ganze Gegend wiederzuerkennen glaubt.

"Wie spät ist es?" fragte er.

"Erst kurz vor halb drei", antwortete Birgit.

"Es wird jetzt so früh dämmrig..."

"Wieviel Kilometer wollen wir denn heute noch fahren?"

"Das hängt davon ab, wo wir uns jetzt befinden!"

"Weißt du das denn nicht?"

"Keine Ahnung!" Wolfgang zuckte mit jener Gleichgültigkeit, die Birgit seit neuestem an ihm irritierte, die Achseln. *"Ich fahre einfach mal drauf los. Wir müssen ja hinkommen. Wenn du an näheren Einzelheiten interessiert bist, kannst du ja in die Straßenkarte schauen!"*

"Ja, das werde ich auch tun." Ihre Stimme klang gereizt.

Birgit fischte die Karte aus dem Handschuhfach neben der Tür und entfaltete sie. Aber noch ehe sie etwas sagen konnte, bremste Wolfgang den Wagen mit einem jähren Ruck ab. Sein Gesicht wirkte grau in dem fahlen Dämmerlicht, und seine Augen starrten wie gebannt auf das Schild am Straßenrand: *"Kochel am See 4 km"*.

"Was ist denn mit dir los!" fragte Birgit und ließ die Straßenkarte achtlos durch die Finger gleiten. *"Warum hältst du an?"*

"Der Nebel...", sagte Wolfgang mit völlig fremder Stimme. *"Man muß die Nebelscheinwerfer einschalten."*

Er wußte selbst nicht, was er redete... Er sah nur unverwandt auf das Schild, auf dem *"Kochel am See 4 km"* stand, und fragte sich, welcher Dämon ihn gerade hierher geführt haben mochte.

"Schläfst du, Schatz?" Birgit beugte sich vor und stieß ihn an. *"Oder ist dir nicht gut?"* Es klang eher ärgerlich als besorgt. Birgit liebte es überhaupt nicht, wenn sich jemand, in dessen Gesellschaft sie sich befand, nicht wohl fühlte. Es war so langweilig und so störend.

Wolfgang hatte sich mittlerweile schon wieder gefaßt. Seine Stimme klang ruhig, aber trocken, als er entgegnete: *"Alles in Ordnung, Birgit! Ich war mir nur einen Augenblick nicht ganz im klaren, ob wir auf der richtigen Route sind. Dieser Nebel macht einen ja ganz verrückt!"*

Doch es war nicht nur der Nebel – auch die Erinnerungen, die auf ihn herabgestürzt waren, und er war gar nicht darauf gefaßt gewesen. – Kochel am See! Lena...! Warum nur hatte es ihn gerade hierher verschlagen? Es war höchst unwahrscheinlich, daß sie ihm begegnen würde. Er würde in zügiger Fahrt Kochel durchfahren, ohne dabei nach rechts und links zu sehen...

"Bleiben wir nun ewig hier stehen?" fragte Birgit spitz.

Wolfgang trat wortlos aufs Gaspedal. Er wollte sich selbst beweisen, daß es ihm nichts ausmachte, Kochel am See wiederzusehen.

'Nur nicht nachgeben!' hämmerte er sich immer wieder ein. *'Wer einmal nachgibt, hat bereits verloren! Du wirst einfach geradeaus fahren, so richtig uninteressiert an dieser Gegend. Es ist nur ein Dorf wie jedes andere auch, das dich nichts angeht – nichts angeht... nichts angeht...!'*

Er erkannte die Häuser wieder, die Geschäfte, den Wegweiser zum See und die alte Buche vor dem Postamt. Unter der Schneelast schien sich alles zu ducken. Dann machte die Straße eine kleine Rechtsbiegung und führte bergan. Hier mußte Wolfgang das Tempo etwas verringern, um auf dem Glatteis nicht ins Schleudern zu kommen. Und dann plötzlich...

Plötzlich sah er das Kind. Das heißt: Zuerst sah er den umgestürzten Kinderwagen, der mit den Rädern nach oben im Schnee lag, das kleine Kissen und die kleine Decke. Und dann das Kind, das auf allen Vieren quer über die Fahrbahn gekrabbelt kam...

Er reagierte blitzschnell, innerhalb eines Bruchteils einer Sekunde. Ausweichen war nicht mehr möglich. Birgit saß im Fond, durch den Gurt gesichert. Und er selbst...?

Krampfhaft, mit aufeinandergepreßten Zähnen verriß er den Wagen und steuerte geradewegs auf einen der Bäume zu, die an beiden Seiten der Straße standen. Birgit schrie! Und dann war da nur noch das ohrenbetäubende Krachen, mit dem der Wagen frontal gegen den Baum raste. Dann ein Schlag gegen Wolfgangs Stirn, noch einer gegen seinen Brustkorb und tausend rote Kreise, die in samtschwarzer Nacht untergingen. Und dann nichts mehr...

Das Kind hatte bei dem Krachen weinend das Mündchen verzogen. Es saß im Schnee, das verrutschte Strickmützchen im Nacken, das blonde Lockenhaar schneebestäubt, mit roten Bäckchen und angstvollen Augen. Unverletzt!

Birgit schrie noch immer. Und dann kamen auch schon Leute die Straße heruntergerannt. Zuerst ein blonder Junge, dem die hellen Tränen über das Gesicht liefen. Er stürzte sich auf das Kind, riß es hoch und preßte es an sich, während er sich mit vor Entsetzen geweiteten Augen umsah. *"Ich..., ich kann nichts dafür!"* stammelte er schluchzend. *"Wirklich nicht! Der Kinderwagen hat zu rollen angefangen, während ich im Fleischerladen war! Und als ich es gemerkt habe..., da war es schon zu spät!"* Ein Schauder lief über seinen jungen Körper und er drückte den kleinen Wolfgang noch fester an sich.

Ein paar Bürger öffneten mit Gewalt die verklemmten Autotüren und holten zuerst den bewußtlosen Mann und dann die hysterisch schreiende Frau heraus. Birgit schlug um sich. Sie war wie von Sinnen. Als ihr Blick auf Wolfgang fiel, schrie sie: *"Er ist tot... Er ist tot...! Bringt ihn sofort weg, ich kann das nicht sehen!"*

Zwei ältere Frauen führten die haltlos Schluchzende zur Seite, während die Männer Wolfgang behutsam auf eine Decke betteten, die jemand aus dem Wagen geholt und ausgebreitet hatte.

"Armer Teufel", sagte einer, *"wird bestimmt nicht durchkommen."*

"Diese Autofahrer können auch nie...", begann ein zweiter.

Aber ein dritter fiel ihm ins Wort: *"Er ist doch mit Absicht in den Baum gerast, weil er sonst das Kind überfahren hätte! Er hat es mit voller Absicht getan!"*

Ringsum schwiegen nun die Leute betroffen und blickten verstört auf das bleiche Gesicht Wolfgangs herab, über das sich von der

Schläfe abwärts eine dunkle Blutspur zog. Er lag da wie tot, als wenn kein Leben mehr in ihm sei.

Da drängte sich ein hochgewachsener junger Mann durch die Menge, die sich in rasender Schnelligkeit am Unglücksort angesammelt hatte. Es war Herbert Freihofer... Er prallte sichtlich zurück, als er den reglosen Mann im Schnee liegen sah.

"Das ist doch...", stieß er hervor und wechselte die Farbe. Im nächsten Moment stand er bei dem zusammengequetschten Wagen, griff durch das zertrümmerte Beifahrerfenster ins Handschuhfach und holte die Fahrzeugpapiere hervor. Als er den Namen, der darauf stand, gelesen hatte, sah er bestätigt, was er bereits wußte, daß der Verunglückte wirklich Wolfgang Berger war..., daß er, ohne es zu wissen, seinem eigenen Kind das Leben gerettet..., und vielleicht das seine dafür hingegeben hatte...

* * *

Lena war indessen immer wieder ans Fenster getreten und hatte hinausgespäht. Sie wußte selbst nicht, warum sie so unruhig war. Schon öfters hatte sie den Geschwistern – und in letzter Zeit auch Manuela – den kleinen Buben anvertraut und dies auch noch nie zu bereuen gehabt. Warum machte es sie gerade heute so nervös, daß ihr Bruder Fred mit Klein-Wolfgang noch nicht heimgekommen war? Er konnte einen Schulfreund getroffen und mit dem ein wenig geplaudert haben..., konnte..., oder!

Da wurde laut und heftig geklingelt. – Lena fuhr zusammen und preßte beide Hände an ihr wild klopfendes Herz. Plötzlich wußte sie, wußte mit unerklärlicher und bestimmender Sicherheit, daß ein Unglück geschehen war. Mit Beinen, die ihr schwer wie Blei vorkamen, schleppte sie sich zur Haustür und öffnete. Als ihr erster Blick auf Herberts verstörtes Gesicht fiel, glaubte sie, zu versinken. Unwillkürlich streckte sie wie flehend die Hände aus.

Da legte Herbert auch schon den Arm um ihre Schultern und sagte: *"Fred und der Kleine kommen gleich! Mach dir bitte keine Sorgen, es ist alles in Ordnung!"*

Die Erleichterung kam zu plötzlich. Lena lehnte sich an den Türpfosten. Ihre Augen sprachen eine Sprache, wofür Worte unnütz sind. *"Mein Gott!"* stammelte sie. *"Mein lieber Gott!"*

Herbert führte sie ins Zimmer und drückte sie sanft in einen der Sessel. *"Wie merkwürdig"*, dachte er, *"daß eine Mutter immer fühlt, wenn ihr Kind in Gefahr schwebt!"* Er streichelte Lenas blondes Haar und sagte in beruhigendem Ton: *"Wirklich, es ist alles in Ordnung, Lena! Dem kleinen Wolfgang ist nicht ein Haar gekrümmt worden!"*

Alles Blut strömte Lena zum Herzen. *"Also war er doch in Gefahr!"* stieß sie hervor. *"Ich habe es gewußt. Seit ich Fred mit ihm weggeschickt habe, bin ich so unruhig gewesen wie noch nie!"* Sie klammerte sich an den Arm des Freundes und fragte mit zitternder Stimme: *"Was ist denn geschehen? Bitte erzähl mir alles, Herbert! Jetzt, wo ich ja weiß, daß dem Kleinen nichts geschehen ist, kann ich es schon aushalten. – Und Fred? Mein Gott, was bin ich für eine schlechte Schwester!"*

"Auch Fred ist unverletzt, Lena!" Herbert setzte sich nun neben sie und streichelte ihre Hand. *"Er kann auch nichts dafür. Du darfst nicht mit ihm schimpfen! Er hat den Wagen mit Klein-Wolfgang vor dem Fleischerladen stehenlassen und drinnen die Sachen gekauft, die du ihm aufgeschrieben hast. Und dann ist auf einmal..., wieso es dazu kam, weiß ich noch nicht..., der Wagen ins Rollen gekommen."*

"Um Gottes Willen!" Lena preßte beide Hände vor den Mund, um den Schrei zu ersticken, der sich auf ihre Lippen drängen wollte. *"Um Gottes Willen!"* flüsterte sie.

"Der Kinderwagen ist natürlich umgestürzt, aber der Schnee hat den Fall des Kleinen gebremst. Es ist ihm gar nichts geschehen. Dann krabbelte er über die Fahrbahn, als..." Er schluckte. – *'Nein, ich kann es ihr nicht sagen!'* dachte er. *'Nicht alles auf einmal!'*

"Nicht, daß er es war, der... Ein Auto bog gerade in diesem Augenblick um die Ecke. Nein, nicht erschrecken! Der Kleine hat einen Schutzengel gehabt, aber... Kurz und gut: Der Fahrer hatte nur die Möglichkeit gehabt, den Kleinen zu überfahren oder... Er verriß das Auto und lenkte es an einen Baum. Sie haben ihn umgehend ins Krankenhaus gebracht. Die Frau, die im Fond saß, ist unverletzt geblieben, aber er..., um ihn steht es ziemlich schlecht, sagt Dr. Eilenhofer."

Lena hatte sich während der Schilderung des Unfalles langsam erhoben. Nun sah sie ihn mit großen, vor Erregung ganz dunklen Augen an. *"Dann habe ich es also diesem Mann zu verdanken, daß..., daß der Bub lebt?"*

Herbert nickte stumm. *'Ach, du armes Ding, wenn du nur wüßtest, wem du es verdankst'*, dachte er.

Lena durchquerte langsam den Raum. *"Er hat mein Kind gerettet! Und nun ist er selber... Weißt du schon, wie es ihm geht? Ich muß sofort zu ihm – ihm danken, ihm sagen, daß ich..."*

Herbert ergriff hastig ihre Hand. *"Sei vernünftig, Lena! Der Mann ist bewußtlos. Du kannst unmöglich zu ihm. Sie lassen dich erst gar nicht vor! Ich verstehe zu genau, was jetzt in dir vorgeht, doch du mußt warten... Und es ist ja noch nicht einmal sicher, daß er durchkommt."*

Lena barg das Gesicht in den Händen. *"Mein Gott!"* flüsterte sie. *"Für mein Kind hat er es getan, ist vor den Baum gerast, ein fremder Mensch...! Nein, Herbert, ich muß sofort hin, ich muß! Vielleicht kann ihn eine Bluttransfusion retten! Ich bin ja jung und gesund, ich wäre dazu sofort bereit... – Wo ist Fred? Wo ist der Kleine?"* Urplötzlich fragte sie, wie erwachend: *"Warum hast du die beiden nicht gleich mitgebracht?"*

"Dr. Eilenhofer hat sie mitgenommen. Er will sich wohl vergewissern, daß Klein-Wolfgang den Sturz in den Schnee heil überstanden hat. Und Fred hat wohl Zuspruch bitter nötig, er war ja ganz außer sich. Sie müssen jeden Augenblick..., aber da sind sie ja schon! Jetzt kannst du dich mit eigenen Augen davon überzeugen, daß deinem Herzblatt nichts passiert ist!"

Lena stürzte hinaus. Sie riß den Buben an sich und küßte ihn immer wieder und wieder. Dazwischen bekam der noch immer blasse und verstörte Fred auch ein paar Küsse ab. *"Mein Herzchen! Mein Süßer! Mein Einziger! Ich habe ja nur dich auf der Welt und die Geschwister! Hoffentlich bist du auch ganz gesund geblieben!"*

"Mamamama! Mma–Mmamama!"

"Lena", machte sich jetzt Fred schüchtern bemerkbar, *"du... ich... Sei bitte nicht bös, Lena! Ich kann nichts dafür."* Tränen kullerten über seine Wangen.

Lena nahm ihn in die Arme und küßte ihn. *"Dummer Kerl! Ich bin nicht bös..., nur so unwahrscheinlich glücklich und dankbar. Der fremde Mann hat Klein-Wolfgang gerettet, sagt Herbert?"*

"Ja", bestätigte Fred eifrig. *"Er ist direkt in den Baum gefahren... Ich hab gedacht, mir bleibt das Herz stehen!"*

"Weiß man denn, wer es ist?" fragte Lena leise. Sie hielt den Knaben fest an sich gepreßt in den Armen.

"Keine Ahnung! Das heißt... irgendwie ist er mir doch bekannt vorgekommen", überlegte Fred. *"Weißt du was, Lena? Ich glaube, er war schon einmal als Sommergast hier in Kochel!"*

Er schauerte zusammen. *"Wie er so da lag, der Mann, habe ich geglaubt, er ist tot. Aber der Herr Doktor hat gesagt, daß er noch lebt. Und die Frau, die noch im Auto war, die hat geschrieen! Der Doktor hat ihr ein paar Ohrfeigen geben müssen, sonst hätte sie bestimmt überhaupt nicht mehr aufgehört!"*

Lena hörte nur noch halb zu. Ihre Gedanken weilten bei dem fremden Mann, dem sie es zu verdanken hatte, daß sie ihr Kind heil und gesund im Arm halten durfte. Nein, sie konnte nicht so tun, als wenn nichts geschehen sei... Sie konnte dieses Opfer nicht wie eine Selbstverständlichkeit hinnehmen. Sie mußte ins Krankenhaus und sich dort persönlich nach dem Befinden des Mannes erkundigen. Früher würde sie keine Ruhe finden..., keine Ruhe.

Wenig später kamen Reni, Reiner und Manuela heim. Sie waren sichtlich aufgeregt und redeten wild durcheinander. Jeder wollte zuerst berichten, was er im Dorfe gehört hatte.

Manuela drückte Klein-Wolfgang stürmisch ans Herz. *"Ach, du goldiger, du kleiner Schatz!"* Vor lauter Eifer glühte sie richtig auf. *"Wir legen alles Geld, was wir haben, zusammen und kaufen dem Mann etwas Schönes! Einen großen Blumenstrauß..., vielleicht Pfeifentabak und..."*

Reiner legte der Schwester sanft die Hand auf die Schulter. *"Du hast ja recht, liebe Manuela, doch wir müssen noch etwas warten, bis er Besuche empfangen darf. Wenn jemand schwer verletzt ist, braucht er zunächst Ruhe, nichts als Ruhe!"*

"Aber ich möchte ihm eine Freude machen!" klagte Manuela mit tränenerfüllten Augen.

"Ich gehe ins Krankenhaus!" sagte nun Lena energisch. *"Es läßt mir einfach keine Ruhe! Begleitest du mich, Reiner? Ihr anderen bleibt bitte bei dem Kleinen und paßt schön auf ihn auf. Er ist ja auch noch ein wenig durcheinander, wenn er auch nicht begreift, was eigentlich vorgefallen ist und in welcher großen Gefahr er geschwebt hat."*

Reiner nickte ihr zu. *"Natürlich, Lena, gerne gehe ich mit! Auch möchte ich selber gern näheres erfahren."*

Und alles kam genau so, wie es kommen mußte – wie es mußte...

* * *

Lena stand vor der großen gläsernen Glasscheibe des Portiers und fragte nach dem Herrn, der den Unfall hatte.

"Ach, Sie meinen den Herrn..., wie heißt er denn nur gleich..., ach ja, Herr Berger!" antwortete das Schicksal mit der gemütlichen, baßgefärbten Stimme des Portiers. *"Ich fürchte, dem geht es nicht sehr gut. Er hat... – Aber was haben Sie denn, Fräulein? Geht es Ihnen nicht gut?"*

Lena wäre sicherlich umgefallen, wenn Reiner nicht blitzschnell gehandelt hätte, die Schwester festzuhalten. Sie hing an seinem Arm wie eine Marionette, bewegte die Lippen zum Sprechen, brachte aber keinen Laut hervor.

"Lena!" sagte Reiner erschrocken. *"Was ist mit dir?"*

Der Portier lief bereitwillig um ein Glas Wasser. Sie setzten dann Lena auf einen herbeigeschafften Stuhl und flößten ihr ein paar Schlucke ein. Langsam, allmählich kehrte das Leben in ihr leichenblasses Gesicht zurück. *"Es kann nicht sein!"* dachte sie. *"Es ist einfach unmöglich! So spielt der Zufall nicht!"*

"Wie heißt der Verunglückte?" fragte sie den Portier heiser.

Ahnte der Mann, was hier vorging? Fast bedächtig holte er das Aufnahmebuch hervor und buchstabierte: *"Berger..., Wolfgang Berger. – Kennen Sie denn den Herrn, Fräulein?"*

"Wolfgang! Also doch..." Lena atmete tief, um ihr wie rasend hämmerndes Herz zu beschwichtigen. Wolfgang, der Vater hatte..., hatte sein eigenes Kind gerettet...! Sie schlug die Hände vors Gesicht. Ein Schluchzen erschütterte ihren Körper und dicke Tränen rannen über die Wangen. *"Du hast gezahlt, Wolfgang! Oh Gott, du hast den höchsten Preis bezahlt! Meine Liebe hast du mir zerstört, aber mein Kind hast du gerettet. Und das ist mehr..., viel mehr...!"*

Reiner beugte sich beruhigend über die Schwester. *"Lena, so sag mir doch: Wer ist es? Kennst du ihn?"* Und dann, in jähem Erschrecken: *"Es ist doch nicht etwa...?"*

Lena ließ ihre Hände sinken. *"Doch"*, entgegnete sie leise. *"Er ist es! Er ist es, Reiner! Ich muß..., ich muß sofort..."*

Wie wild sprang sie auf und lief die Treppe empor. Wenig später stand sie vor dem Chefarzt, der das verstörte junge Geschöpf zuerst erstaunt, dann aber mitfühlend betrachtete. Es war für ihn nicht ganz einfach, sich aus Lenas abgerissenen Worten ein Bild zu machen. Aber schließlich begriff er doch, worum es ging. *"Also, es war Ihr Kind, das Herr Berger...! Ich verstehe. Und Sie kennen ihn?"*

"Ich habe ihn gekannt, früher einmal", flüsterte Lena.

"Wie doch der Zufall manchmal spielt...! Ja, es hat ihn böse erwischt! Überall Brüche, Quetschungen, eine Kopfverletzung. Sehr schön sieht die Geschichte nicht aus. Aber wir tun selbstverständlich alles, um ihn durchzubringen! Wo Leben ist, da ist auch Hoffnung. Wenn er die nächsten 48 Stunden durchhält..."

Lenas Augen brannten in dem totenblassen Gesicht. *"Ich..., ich würde gern..., würde gern Blut spenden... für ihn"*, hauchte sie.

Der Arzt nickte ihr sichtlich gerührt zu. *"Schön von Ihnen! Wenn es nötig sein sollte, lasse ich Sie holen. Vorläufig geht es jedoch so. Beruhigen Sie sich, ich bitte Sie! Sie sehen mir aus, als wenn ich Sie gleich hierbehalten müßte."*

"Ich..., ich kann ihn natürlich nicht sehen?"

"Ausgeschlossen! Er würde Sie auch gar nicht erkennen. Er liegt noch immer in tiefer Bewußtlosigkeit."

"Nur..., nur eine Minute vielleicht? Ich weiß ja, es geht nicht. Aber wenn ich ihn nur eine Minute..." Ihre Stimme brach.

"Es tut mir wirklich leid", seufzte der Arzt. *"In einer Woche..., in ein paar Tagen vielleicht! Wenn Sie übermorgen wieder nachfragen wollen, kann ich Ihnen vielleicht etwas genaueres sagen."*

"Übermorgen", wiederholte Lena tonlos. Wie lang würde ihr dieser Zeitraum werden? Gott im Himmel, wie sollte sie nur die nächste Nacht überstehen? Wie?

Reiner brachte sie heim. Mit ein paar geflüsterten Worten scheuchte er die Geschwister weg. Lena wäre auch nicht imstande gewesen, ihnen jetzt Rede und Antwort zu stehen.

Wie in Trance brachte sie Klein-Wolfgang zu Bett. Der Kleine war wieder ganz munter, lachte und plapperte und schien nicht zu begreifen, weshalb die Mutti so bitterlich weinte. Als das Kind endlich eingeschlafen war, kniete Lena neben dem Bettchen nieder und faltete die Hände. Ein Stöhnen entrang sich ihrer Brust. *"Lieber Gott, sei barmherzig! Laß ihn leben! Nicht für mich..., nur laß ihn leben!"* – In diesen dunkelsten, schwersten Stunden ihres jungen Lebens hob ihre totgeglaubte Liebe wieder sieghaft das Haupt empor. Lena begriff, daß sie nie aufgehört hatte, sich nach Wolfgang zu sehnen. Sie hatte es nicht wahrhaben wollen, hatte es von sich selbst abgeleugnet..., aber im tiefsten Grunde ihrer Seele gehörte sie ihm heute noch genauso wie damals, als sie zum ersten Mal die Liebe kennenlernte. Wie weh hatte er ihr da getan! Und doch waren sie nun quitt. Er hatte das Kind vor dem sicheren Tod gerettet, hatte dafür vielleicht sein eigenes Leben hingegeben. Für sein und ihr Kind! Wie hätte sie ihm noch zürnen können, da er ihr Teuerstes gerettet hatte!

"Kleiner Wolfgang du..., mein einziger Liebling!" Sie bedeckte die Händchen des schlafenden Jungen mit Küssen und mit Tränen. In ihrem Innern sah es furchtbar aus. Die Aufruhr war unbeschreiblich. Sie konnte an nichts anderes denken, als daß Wolfgang das Leben ihres kleinen Sohnes gerettet und möglicherweise das seine dafür geopfert hatte.

Als der neue Morgen bereits graute, lag sie noch immer vor dem Bettchen des Kindes auf den Knien und betete mit zuckenden Lippen für Wolfgang. Und der Himmel sollte ihre Gebete erhören...

* * *

Wolfgang blieb am Leben. Schritt für Schritt erholte er sich von seinen schweren Verletzungen. Nach fast zwei Wochen durfte er zum ersten Mal das Bett verlassen, und nach einer weiteren Woche wurde ihm erlaubt, in den Zeitungen zu blättern, die der Chefarzt persönlich hereingereicht hatte.

Die Brüche waren ziemlich verheilt, die Kopfwunde war bereits gut vernarbt. Wolfgang hätte allen Grund gehabt, froh und dankbar zu sein. Er war es aber nicht! Im Grunde seines Herzens nahm er es den Ärzten fast übel, daß sie ihn auf so kunstvolle Weise wieder zusammengeflickt hatten. Eigentlich lag ihm nichts an diesem wiedergeschenkten Leben. Wenn er aus dieser tiefen Bewußtlosigkeit nicht mehr erwacht wäre..., wer hätte einen Schaden davon gehabt? Er nicht und auch sonst niemand – kein Mensch!

Birgit war bereits seit Tagen abgereist. Wolfgang vermißte sie auch nicht. Auf seinem Nachttisch lagen zwei rosarote Briefchen, die er noch nicht einmal geöffnet hatte. Von ihnen ging eine zarte Duftnote aus. Zur Zeit verlangte es ihn auch nicht danach, ihren Inhalt kennenzulernen.

"Sie sind ein ganz undankbarer Mensch, Herr Berger!" schalt Dr. Wegner, der Chefarzt. *"Bedeuten Ihnen die 40 oder noch mehr Jahre, die Ihnen möglicherweise geschenkt worden sind, denn gar nichts?"*

"Das, Herr Doktor, müssen Sie schon mir überlassen!" erwiderte Wolfgang mit einem höflichen, nichtssagenden Lächeln.

'Ein schwieriger Fall', dachte der Arzt niedergeschlagen. *'Was ihn nur so bedrücken mag? Gutaussehend, erfolgreich, bestimmt vermögend... und nicht zufrieden! Werde da mal einer klug aus den Menschen...'*

"Und daß Sie ein Kinderleben gerettet haben, bedeutet Ihnen das auch nichts?" forschte er behutsam weiter. *"Die Mutter des kleinen Jungen hat täglich nach Ihnen gefragt. Sie wollte sogar Blut für Sie spenden! Als ich ihr vor kurzem mitteilte, daß Sie sich auf dem Wege der Besserung befinden, hat sie vor Freude geweint!"*

"Na, na!" meinte Wolfgang mit matter Ironie und schloß die Augen, wie um anzudeuten, daß ihm die Freudentränen irgendeiner Dorffrau ziemlich einerlei seien. Trotzdem dachte er an das Kind. An seine Gesichtszüge konnte er sich natürlich nicht erinnern, dazu war alles viel zu schnell gegangen. Er hatte nur blondes Haar wahrgenommen und ein rotes Hemdchen oder Mäntelchen.

Das Kind lebte. So oft er daran dachte, kam ein wenig Wärme in sein erstarrtes Herz. Also hatte sein Dasein doch einen Zweck gehabt. – Das Kind lebte. Und wenn er nichts anderes ausgerichtet hatte, als diese eine selbstlose Tat, so war es doch immerhin etwas.

"Übrigens möchte Ihnen jemand einen Besuch abstatten", sagte der Arzt, der still dagesessen und auf Wolfgangs wechselndes Minenspiel geachtet hatte.

Wolfgang zuckte zusammen. *"Wer?"* fragte er rauh.

"Der Freihofer, der Junior des Hotels. Er sagte, daß Sie im vorigen Jahr bei ihm einige Tage gewohnt hätten, Kurzurlaub oder so. Darf er Sie besuchen?"

"Er soll kommen, wenn es ihm Spaß macht, sonst aber..., sonst niemand, hören Sie, Doktor! Ich möchte sonst niemanden sehen. Es macht mich..." – *'In Wahrheit habe ich einfach Angst!'* dachte er. *'Ob dieser Freihofer etwas weiß? Kaum! Kein Mädchen ist so verrückt, so etwas gerade dem Mann anzuvertrauen, der es heiraten will! Vielleicht trägt sie schon längst seinen Namen! Ja, er soll kommen! Ich brenne ja darauf, zu wissen, was aus ihr geworden ist. Bei Tag und bei Nacht finde ich keine Ruhe. Es läßt mich einfach nicht mehr los!'*

Der nächste Tag kam.

Mittags dann stand Herbert Freihofer an dem Krankenbett seines ehemaligen Rivalen und suchte in seinem Innern vergeblich nach dem Haß, den er einst empfunden hatte. Statt dessen fühlte er, daß dieser von vielen beneidete Mann im Grunde zu bedauern war. Weil sein Leben leer war, ohne Zweck und Sinn...

"Hallo, Herr Freihofer!" Mit einem etwas gekünstelten Lächeln reichte Wolfgang ihm die Hand. *"Sehr nett von Ihnen, daß Sie mich besuchen."*

Herbert sah ihn forschend an, und es war ihm eine gewisse Befriedigung, die Verlegenheitsnöte auf dem beherrschten Antlitz des Mannes von Welt kommen und gehen zu sehen. *"Grüß Gott, Herr Berger! Ich soll Sie von jemandem grüßen"*, sagte er langsam.

Wieder spürte Wolfgang, daß er rot wurde, und ärgerte sich darüber. War er denn ein kleiner Schulbub, der sich vom Lehrer einschüchtern ließ?

"So?" murmelte er, sich in die Kissen zurücklehnend und in einer hilflosen und trotzigen Abwehr die Augen schließend. *"Und von wem?"*

"Können Sie sich das nicht denken, Herr Berger?"

"Doch!" antwortete Wolfgang, ohne die Augen zu öffnen. *"Von..., von Lena Reindel, nicht wahr?"*

"Ja, von Lena", sagte Herbert ernst.

Eine heiße Welle überschwemmte plötzlich Wolfgangs Herz. Seine Kehle war wie zugeschnürt. Lena ließ ihn grüßen..., ihn! Hatte sie ihr Glück gefunden und ihm vergeben? Mit den Augen suchte er Herberts rechte Hand und stellte erleichtert fest, daß sie keinen Ring trug. Sein Herz schlug plötzlich, ja spontan, wie ein Schmiedehammer. Er richtete sich wieder auf seinem Krankenlager auf und fragte gepreßt: *"Wie geht es ihr? Ich weiß, ich habe jegliches Recht verwirkt, mich danach zu erkundigen, aber... Wie geht es Lena, Herr Freihofer?"*

"Sie ist sehr glücklich", entgegnete Herbert betont.

"Sehr glücklich?" wiederholte Wolfgang mit versagender Stimme. Hastig, etwas zu hastig fügte er hinzu: *"Das freut mich. Ja, das freut mich wirklich!"*

"Sie ist wirklich sehr, sehr glücklich", wiederholte sich Herbert, *"weil ihr Kind wie durch ein Wunder mit dem Leben davongekommen ist!"*

"Ihr Kind..., weil ihr Kind...?" Schlagartig wurde Wolfgang der Sinn dieser ihm zunächst unverständlich gebliebenen Worte klar. *'Wie durch ein Wunder mit dem Leben davongekommen...',* das konnte doch nur eines heißen!

"Es war..., es war Lenas Kind?" stieß er in höchster Erregung hervor. *"Das Kind, das ich um ein Haar überfahren hätte, war...? So reden Sie doch weiter, Herr Freihofer!"* Er schrie fast.

"Es war Lenas kleiner Sohn." sagte Herbert.

Wolfgang mußte wieder die Augen schließen. Lenas Kind..., er hatte Lenas Kind gerettet! Also gab es doch noch eine ausgleichende Gerechtigkeit! Das Schicksal hatte ihn noch einmal hierher geführt und ihm die Chance gegeben, seine Schuld zu sühnen. *'Und dem Himmel sei Dank dafür, ich habe diese Chance genutzt!'* dachte er. Dann plötzlich setzte er sich auf und fragte: *"Sie..., sie ist Ihre Frau geworden?"*

Herbert schüttelte den Kopf. *"Ich hätte sie sehr gern geheiratet",* erwiderte er, *"aber sie wollte nichts davon wissen. Ein Mädchen wie Lena kann nur einmal lieben, Herr Berger! Nein, sie ist nicht meine Frau geworden. Im nächsten Frühjahr werde ich ihre Schwester, die Manuela, heiraten."*

"Nicht..., nicht Ihre Frau? Ja, aber...!" Um Wolfgang drehte sich alles. Er meinte, in einem rasenden Karussell zu sitzen. *"Aber Sie sprechen doch von Lenas Kind! Von ihrem Kind, das ich..., das ich um ein Haar... Bin ich nun verrückt oder Sie? Lena hat also einen anderen Mann geheiratet! Aber nein, Sie sagten ja... Um Gottes Willen, was bedeutet das alles?"*

"Wissen Sie wirklich nicht, was es bedeutet, Herr Berger? Oder..., oder wollen Sie es nicht wissen?"

"Nein!" Es war ein gurgelnder Laut, der sich aus Wolfgangs Brust löste. Abwehrend streckte er die Arme aus. *"Nein, nein! Nein, das kann nicht sein! Das ist einfach unmöglich!"*

Herbert sah mit einem Ausdruck zwischen Mitleid und Zorn auf ihn herab. *"Unmöglich? Ja, man sollte meinen, daß es unmöglich ist, ein Mädchen wie die Lena erst zu verführen und dann sitzenzulassen! Aber es ist geschehen. Sie wissen doch selber am besten, daß es geschehen ist!"*

"Und das Kind..., das Kind?"

"Es ist Ihres, Herr Berger! Natürlich Ihres! Die Lena wird ihr Leben lang keinen anderen Mann mehr anschauen." Wie ein Richter

stand Herbert Freihofer vor Wolfgang, der leichenblaß in seine Kissen zurückgesunken war.

"Aber warum..., warum?"

"Warum Sie nichts von alledem erfahren haben? Herrgott, wie wenig haben Sie doch die Lena gekannt! Weil sie viel zu stolz war, um bei dem Beistand zu suchen, dessen Pflicht und Schuldigkeit es gewesen wäre, ihr beizustehen! Weil sie lieber alle Schande, alle Demütigung und allen Kummer und alle Einsamkeit auf sich genommen und getragen hat, als einem Manne nachzulaufen, der nichts mehr von ihr wissen wollte! Weil sie das prachtvollste, tapferste Mädchen ist, das diese Erde trägt, Herr Berger!"

Wolfgang war zu tief erschüttert, um ein Wort der Erwiderung zu finden. Er lag da und rang mit der furchtbaren Erregung, die ihn durchtobte. Noch immer konnte er es kaum fassen. Es war einfach zuviel..., viel zuviel! Sein eigenes Kind! Sein kleiner Sohn! Nein, es konnte nicht sein, solche Schicksalsfügungen gab es doch nicht! Und doch zweifelte er keinen Augenblick daran, daß Herbert die Wahrheit gesprochen hatte.

Lena..., arme kleine Lena! Was mußte sie alles durchgemacht haben? War solche Schuld überhaupt jemals wieder gutzumachen? In seiner Erregung merkte Wolfgang nicht einmal, daß sich die Tür leise geschlossen hatte, und daß der Besuch gegangen war. Als er aufsah, war er allein..., wieder ganz allein. Allein mit den Erinnerungen, die unaufhaltsam in sein Gedächtnis hineindrangen. Allein mit seinem Gewissen und seinem Verlangen, das wieder gutzumachen, was er an Lena und ihrem..., seinem Sohn gesündigt hatte.

Wenn er schon wie zu einem Spaziergang hinaus gekonnt hätte, er wäre sofort zu ihr geeilt. Aber so..., vielleicht schreiben! – *'Ja, ich muß ihr schreiben!'* schoß es ihm durch den Kopf. Sein Kranksein war auf einmal wie weggeblasen. Er lebte wieder. Er fühlte Schmerz und Qualen und war darüber fast glücklich. Das alles war viel besser als die Gleichgültigkeit und Teilnahmslosigkeit der letzten Zeit.

Als er gerade die Hand nach der Klingel ausstrecken wollte, wurde leise, ganz leise die Tür geöffnet.

"Ah, Schwester!" begann er, ohne den Kopf zu wenden.

Er hob den Blick und...

"Lena!" stieß er mit rauh klingender Stimme hervor.

Sie stand ganz still in der Tür und hielt das Kind auf dem Arm. Über ihr schönes mädchenhaftes Gesicht rannen langsam die Tränen, ohne daß sie eine Bewegung machte, sie fortzuwischen. Sie bewegte die Lippen, konnte aber nicht sprechen. Die Erschütterung dieses Wiedersehens war einfach zu stark.

Auch Wolfgang war stumm geworden.

Lena war die erste, die sich faßte. Sie ging mit Klein-Wolfgang auf das Krankenbett zu und sagte mit zitternder Stimme: *"Sag dem Herrn danke, mein Liebling, er hat dir das Leben gerettet!"*

Und der Kleine plapperte lachend nach: *"Tatata..., tata!"*

Nun kamen auch Wolfgang die Tränen, als er das süße Kinderstimmchen hörte und das hübsche Gesichtchen so nah vor sich sah. Spontan streckte er die Hand aus und streichelte dem Kleinen die Wange. Ein Zucken lief um seinen fest geschlossenen Mund. Es war wie ein Bann, der über den drei Menschen lag, die einander doch so nahestanden.

Klein-Wolfgang wußte sofort, wie man dieser Situation am besten beikam, obwohl er ja noch so klein war. Er legte Wolfgang die Ärmchen um den Hals und berührte mit seinem feuchten Mündchen seine Wange.

Wolfgang wagte kaum zu atmen. Er hatte sich nie viel aus Kindern gemacht, aber das hier..., dies war etwas ganz anderes. Mit einiger Mühe griff er nach dem Kind und setzte es neben sich.

"Laß", sagte Lena rasch, *"du strengst dich zu sehr an! Er ist sehr schwer!"*

Wolfgang lächelte sanft. *"Schwer?"*

Dann wurde er ernst und sagte leise: *"Daß du gekommen bist, Lena! Nach allem, was ich... Nein, unterbrich mich bitte nicht! Laß es mich aussprechen: Nach allem, was ich an dir gesündigt habe."*

"Ja, es war wirklich sehr schlimm", erwiderte sie ohne jeden Vorwurf. *"Aber jetzt sind wir quitt, Wolfgang! Wenn ich den Kleinen verloren hätte..., ich darf gar nicht daran denken! In Zukunft brauchst du dir keine Vorwürfe mehr zu machen..., falls du dir je welche gemacht hast. Ich verstehe ja auch sehr gut, daß ich dir nicht genügen konnte. Ich bin ja auch nur ein einfaches Mädchen vom Lande, und du... Nur daß du heimlich abgefahren bist, das hat mir wehgetan! Hast du denn befürchtet, ich würde dich zurückhalten, Wolfgang?"*

"Ich bin nicht vor dir, sondern vor mir selber weggelaufen. Ich war eben ein Vagabund..., ein politischer Vagabund, heute hier und morgen dort. Aber von nun an..."

"Versprich mir bitte nichts!" bat sie erschrocken. *"Oh, Wolfgang, sag jetzt bitte nichts, was du vielleicht schon morgen wieder bereuen wirst!"*

"Hast du mich noch lieb, Lena?" fragte er, ohne ihre letzten Worte zu beachten. *"Kannst du mir noch vertrauen..., nur einmal noch?"*

Lena sah ihn groß an. *"Mach es mir doch nicht so schwer!"* bat sie erstickt. *"Ich wollte dir danken... und dann wieder gehen. Du brauchst nicht zu fürchten, daß wir dir zur Last fallen, der Kleine und ich! Du brauchst uns auch nicht zu bedauern! So lange wir einander haben, sind wir glücklich. Dem Kind wird es an nichts fehlen, das schwöre ich dir!"*

"Und du glaubst...", Wolfgang lachte plötzlich, *"du glaubst, daß ich euch beide wieder gehen lasse? Lena...!"*

"Ja, aber was soll denn werden?" Sie drehte sich nach ihm um. Ihre Augen standen voller Tränen. *"Willst du uns vielleicht mitnehmen in die große Welt, in der du zuhause bist?"*

"Ich bin nirgendwo zuhause als bei dem Kleinen und bei dir!" Es lag ein so tiefer Ernst über seinen Zügen, daß sie ihm glauben mußte. *"Gib mir bitte deine Hand, Lena!"* sagte er leise und voller Inbrunst.

Sie zögerte kaum merklich. Dann legte sie ihre zitternde Rechte in seine Hand.

"Ich habe es lange Zeit nicht gewußt", sagte Wolfgang. *"Aber jetzt weiß ich es und werde es nie mehr vergessen. Wir gehören zusammen, du und ich... und das Kind! Du wirst mir erlauben müssen, daß ich für immer bei euch bleibe, Lena!"*

"Hier, hier bei uns...?" stammelte sie. *"Ja, aber..., aber dein Beruf, Wolfgang? Du kannst doch nicht alles aufgeben für uns!"*

"Ich gebe nur das auf, was mir schon längst nichts mehr bedeutet", antwortete er. *"Aufgrund meiner jetzigen Stellung finde ich überall eine angemessene Arbeit, die mir Spaß macht. Doch das ist jetzt alles noch nicht so wichtig. Wichtig ist nur... Liebst du mich noch, Lena?"*

"Ja, Wolfgang!" antwortete sie leise. *"Ich liebe dich... und ich habe nie aufgehört, dich zu lieben!"*

"Dann..., dann ist ja alles gut!" Wie ein unterdrückter Jubelruf klang es. *"Dann ist ja alles..., alles gut, mein Liebling!"*

Mit großen und erstaunten Augen sah der Kleine nun zu, wie sich seine Mutti über den Onkel beugte und ihn küßte. Wie fest die beiden sich umschlungen hielten!

"Mamma... ma!", krähte Klein-Wolfgang und zog an Lenas blondem Haar. *"Ma... mama... da... ta... ta... ta...!"*

"Ja, mein Herzlieb, du bist da! Gott sei Lob und Dank!" Lena preßte das Kind stürmisch an sich. Ein strahlender Glanz lag in ihren Augen. *"Nun kommt bald das Christkindchen, mein kleiner Schatz. Weißt du das? Und weißt du auch, was es dir bringt? − Einen Vater! Denk nur, mein Schätzchen, einen lieben Vati"*

Der Junge plapperte in einem fort und ein Lächeln zeigte sich auf seinem Gesichtchen.

Draußen rieselten weiße Flocken lautlos auf die Erde herab. In zwei Tagen war Weihnachten. Weihnachten, das Fest der Freude und der guten Hoffnung. Frieden auf Erden den Menschen, die guten Willens sind!

Das Glück war gekommen und würde diese drei Menschen nie wieder loslassen, nie...!

− E N D E −